U0039827

在 時 間 裡 ， 散 步

walk

walk 23
逝物之書：我們都是消逝國度的局外人
作者、內封設計、圖像處理：茱迪思·夏朗斯基（Judith Schalansky）

譯者：管中琪

責任編輯：潘乃慧

封面設計：廖韡

校對：呂佳真

出版者：大塊文化出版股份有限公司

台北市105022南京東路四段25號11樓

www.locuspublishing.com

讀者服務專線：0800-006689

TEL：(02)87123898　FAX：(02)87123897

郵撥帳號：18955675　戶名：大塊文化出版股份有限公司

法律顧問：董安丹律師、顧慕堯律師

版權所有　翻印必究

The translation of this work was supported by a grant from the Goethe-Institut.

（本書翻譯接受歌德學院Social Translating翻譯補助計畫）

本書譯者接受德國施特拉倫歐洲譯者工作中心

（Europäische Übersetzer-Kolleqium in Straelen）的贊助

總經銷：大和書報圖書股份有限公司

地址：新北市新莊區五工五路2號

TEL：(02) 89902588　FAX：(02) 22901658

初版一刷：2020年12月

初版二刷：2021年12月

定價：新台幣580元

Printed in Taiwan

我們都是
消逝國度的
局外人

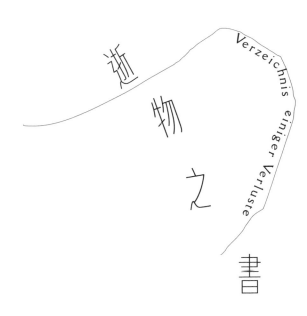

逝物之書

Verzeichnis einiger Verluste

茱迪思・夏朗斯基 JUDITH SCHALANSKY

管中琪 譯

目錄

前言

寫作這本書的同時，卡西尼號太空探測器燒毀在土星的大氣層；斯基亞帕雷利號登陸器墜毀在火星鏽紅色的岩石地貌，那是它本應探勘的星球；一架從吉隆坡飛往北京的波音七七七，飛行途中消失無蹤；帕邁拉有兩千年歷史的巴力神廟和巴力夏明神廟、羅馬劇院與凱旋門的立面、四塔門與柱廊大道部分遭到炸毀；伊拉克摩蘇爾的努爾大清真寺與先知約拿的清真寺遭到摧毀；在敘利亞，早期基督教聖埃利安修道院成了斷垣殘壁；加德滿都的達拉哈拉塔在一次強震中再度崩塌；萬里長城因為人為蹂躪與自然腐蝕毀損了三分之一；不明人士盜走德國電影導演弗里德里希・威爾海姆・穆瑙的遺體頭顱；瓜地馬拉原本以藍綠水色聞名的阿特斯卡滕帕湖瀕臨乾涸；馬爾他宛如拱門的岩層藍窗倒塌，墜入地中海；源於大堡礁的珊瑚裸尾鼠已經絕種；最後一頭雄性北白犀牛不得不在四十五歲時安樂死，這支亞種只剩下兩頭雌白犀，分別是牠的女兒和孫女；研究八十年後才得到的唯一金屬氫樣本，從哈佛大學研究室消失了，沒人知道這種微小粒子被偷、被破壞，或者只是又回復氣態了，總之前功盡棄。

寫作這本書的同時，紐約謝弗圖書館的館員在一七九

三年的舊曆書中發現一枚信封，裝著喬治・華盛頓一綹灰
髮；華特・惠特曼至今未曾問世的小說與薩克斯風手約翰・
柯川遺失的專輯《重見天日：1963 年傳奇遺失錄音復活重
生》（*Both Directions At Once*）再現人世；德國一個十九
歲實習生，在卡斯魯爾的銅版畫陳列室，發現義大利藝術
家皮拉奈奇數百張畫作；安妮・法蘭克用包裝紙黏起來的
兩頁日記被成功解讀；三千八百年前刻在石板上的世界最
古老字母已全部辨識；月球軌道器於一九六六與六七年拍
攝的照片得以修復；莎芙兩首不為人知的詩作殘篇被發現；
在巴西的稀樹草原，鳥類學家多次瞥見一九四一年以來認
定已絕種的藍眼地鳩；生物學家發現一種屬於蛛蜂的蟻牆
蜂，會在空心樹幹內建造多室巢，每間備有一隻被殺死的
蜘蛛，作為後代的食物來源；在北極找到一八四八年探險
失敗的約翰・富蘭克林船隊「幽冥號」與「恐怖號」；考
古學家在希臘北部發掘出巨大的墳塚，為亞歷山大大帝最
後安息地的可能性不高，但或許是他愛人赫非斯提安的；
柬埔寨吳哥窟附近，發現最早的高棉都城摩醯因陀山，那
應該曾是中世紀最大的城市；考古學家在死者之城薩卡拉
偶然發現一處木乃伊作坊；距離我們太陽一千四百光年之
遙的天鵝座，在所謂適宜居住的區域找到一個天體，平均
溫度約莫地球水平，很有可能有水或曾經有水，因此也有
生命，就如我們想像的那種生命。

序

　　幾年前一個八月天，我造訪一座北方城市。小城坐落在海灣的最後隆起處，海灣是上上次冰河時期深入內地形成的。在這處鹽水域裡，春有鯡魚，夏有鰻魚，秋有鱈魚，冬有鯉魚、梭子魚與鯛魚，因此漁業至今依舊發達。數百年來，漁夫與家人安居在這如詩如畫之境，幾乎只有兩條卵石路、一處曬網場和一座只有兩位貴族老婦長居的修道院。簡而言之，這裡儼然掉落於時間之外，很容易在此抵不住誘惑，把模糊卻迷人的過去視為安然猶在。低矮小屋牆壁刷白，屋前玫瑰怒放、錦葵綻開，大門漆得色彩繽紛，蜿蜒在屋與屋之間的窄巷，多半通往碎石岸邊。但讓我記憶深刻的，卻是住宅區中心沒有市集廣場、只看見墓園的奇特景況，鮮綠的落葉菩提為墓園灑下樹影，四周圍著鐵欄杆；在素來以錢易物之處，地下亡者出於我們永遠一廂情願以為的「安息著」。我訝然發現墓園位於村落中心，一開始甚感不適；等到有人提醒我注意一個婦人的房子，我察覺她竟能在煮飯時望見兒子的墓碑，更加啞口無言了。這才知道，數百年來，此地的喪葬協會建立了一項傳統，讓同一家族的死者與生者依舊親近相依；目前我僅知道太平洋有些島嶼的居民還保有這種習俗。我當然也參觀

過其他與眾不同的墓地，例如聖米凱萊亡者島，高聳的紅磚牆從威尼斯藍綠色的潟湖拔地而起，宛如無法攻克的堡壘；或是好萊塢永生公墓模仿墨西哥亡靈節所舉辦的繽紛園遊會，墳墓裝飾得又橘又黃，還有彩糖和被詛咒永遠獰笑的紙糊腐爛骷髏頭。但是，那些都沒有漁村這座墓園讓我震撼。在它由圓形和方形妥協而成的獨特輪廓上，我確實親眼看見不可思議的陰森烏托邦象徵，亦即與死亡共存。有很長的時間，我始終相信，在這個丹麥名字具有「小島」或「被水包圍」意思的地方，因為把死者迎在居民中心，所以離生命更近；而非像我們這個緯度，即使都市毫無節制擴張、墓地空間很快就被吞食掉，仍舊把死者從鄉鎮中心驅逐到鎮外。

現在，就在這本描寫瓦解和毀滅等各種現象的書即將接近尾聲時，我才明白那只是面對死亡諸多形式中的一種，基本上，並不比希羅多德筆下卡拉提耶人的習俗來得笨拙或更加人道。卡拉提耶人習慣吃掉過世的雙親，但聽到希臘人焚化父母遺體的風俗，無不驚惶失措。眼前不斷直視死亡也好，成功驅逐死亡也罷，哪一種更貼近生命，觀點始終衝突分歧，就如同爭論萬事皆有終抑或無盡，何者更加毛骨悚然一樣。

無可爭辯的是，死亡與接踵而來的問題，如處理人驟然離世留下的遺物，包括大體和無主財產，隨著時間流逝都要求答案，促使人們採取行動，這些答案與行動的意義

全都超越其單純的目的，並讓我們祖先從動物領域踏入人類領域。不任由同類死後遺骸自然腐化，大致上是人類的一個特性。雖然在其他較高等的動物身上也觀察到類似行為，譬如大象會聚集在瀕死同伴身邊，在最後以土壤和樹枝掩蓋屍體之前，會連續數小時以象鼻撥動牠，一邊怒吼，一邊不斷嘗試讓那具沒有生氣的身體再度站起來。幾年後，象群仍舊經常探訪那處死亡之地。這毫無疑問需要絕佳的記憶力，甚至某種來世觀念，那不比我們對來世的想像遜色，也同樣無法驗證。

死亡這個休止是遺產與回憶的起點，輓歌則是文化的泉源，可填滿裂開的空缺，詩歌、禱告與故事可填滿突來的寂靜，逝者在這之中再度栩栩如生。失去的經驗如同鑄模，使得悲傷之事得以顯現輪廓，經過哀痛的美化，成為渴望的對象；或者如同海德堡一位動物學教授，在新布雷叢書出版社發行的一本小書中所寫：「西方人似乎有個理智無法理解的特色，亦即對失去之物的評價遠高於存在之物，否則不能解釋滅絕的袋狼散發至今的奇特魅力。」

留仕過往、阻止遺忘的方式琳琅滿目。如果相信傳說，有個故事是這樣的：人類剛開始撰寫歷史之際，波斯與希臘正持續發動毀滅性的戰爭，當時發生一起多人死亡的災難，用了一種今日幾乎已遭遺忘的記憶法：西元前五世紀初，希臘色薩利有一棟房子倒塌，參加宴會的賓客全被埋在底下。詩人西蒙尼德斯是唯一倖存者，多虧他訓練

有素的記憶力，成功在腦海重建傾廢的建築，喚出賓客座次，幫助辨認遭碎石損毀的屍體。生與死「非此即彼」的眾多矛盾之一是將逝者說成不可挽回的逝去，於是失去對方的哀傷加倍，但同時也減半；生死未卜的失蹤者，反而把親人拘禁在忐忑不安與禁止哀傷構築的含糊夢魘中，不准力圖振作，也不可以繼續生活。

活著，表示經歷失去。探問未來會如何的問題，並不比人類本身晚出現；不過，未來一個令人不安的絕對特性在於，未來是不可預見的，死亡的時間與狀況也因此晦暗不明。誰不認得預先受苦這種又甜又苦的防禦魔法，希望在思想上預做準備，以避免恐懼的致命衝動？我們預先感覺苦厄、想像可能的災禍，妄以為即可躲過邪惡的可怕意外。在古希臘羅馬時期，夢境就是慰藉，希臘人仍對此紛紛議論；夢境有如神諭，能預言即將發生的事情，儘管無法因此改變未來，卻能消除意外帶來的驚嚇。不少人因為恐懼選擇了結生命。自殺似乎是戰勝未知的未來最極端的手段，但代價無疑是縮短了存在。根據記載，奧古斯都大帝在薩摩斯島接受印度使節團的貢品，除了一隻老虎和能靈活使用雙腳的無臂少年之外，還有一位名叫薩馬洛斯的婆羅門，他計畫自我了斷，因為他的生命已如願圓滿。為避免發生不可預見的意外，他赤身裸體，塗滿油膏，在雅典大笑著跳進火裡，無疑痛苦地被活生生燒死。這場自我決定結束生命的表演讓他名留青史，即使只是在卡西烏

斯・狄奧那曾經多達八十卷的《羅馬史》中，偶然流傳下來一卷中的一則奇聞異事。歸根究柢，仍舊存在的事物，無非只是殘餘。

　　保留一切的記憶，基本上什麼也沒留住。那個加州女子不需要任何記憶術，就能清楚回想一九八○年二月五日以來每一天發生的事，彷彿被囚禁在記憶不斷坍落在身上的回音室裡——她是阿提卡統帥帝米斯托克力的亡靈。帝米斯托克力能將每個鄉親的名字倒背如流，他曾請人向記憶大師西蒙尼德斯轉達，他更渴望學習遺忘術，而非記憶術：「不想保留的回憶，我也記得；想要遺忘的，始終忘不了。」然而，遺忘術不可能存在，因為即使是指向不存在的符碼，也全是在描述著存在。每部百科全書幾乎都記錄了曾在羅馬帝國被處以「記錄抹殺刑」的人。

　　忘掉一切固然糟糕，但是什麼都忘不了卻更加悲慘，畢竟知識要先經遺忘才得以形成。若是一切毫無差別全部儲存，如同存在消耗電能的數據儲存器裡，就喪失了意義，變成只是雜亂無章累積無關緊要的訊息。

　　任一檔案室的建立或許都期待保留一切，就像其範本諾亞方舟。將南極之類的大陸甚或月球，轉變成民主的中心——地球博物館，平等呈現各種文化產物，這樣的想法無疑令人振奮，卻也同樣極權。就如想重建樂園一樣，即使樂園的迷人典範與渴望形象深深烙印在所有人類文化

裡，最後仍註定失敗。

　　基本上，每樣東西本都是垃圾，每棟建築就是廢墟，一切的創造不過是破壞，自詡能夠保存人類遺產的學科與機構也不例外。考古學在侵入過往各個時期的累積時，即使再謹慎、思慮再周到，仍舊是嚴重的破壞。檔案館、博物館、圖書館、動物園與自然生態保護區，在在只是受到經營管理的墓園，其儲存物經常被剝奪當下的生之循環，而被拋棄、被遺忘，就如同紀念碑占滿城市風景的英雄事蹟與人物。

　　無論是蓄意破壞或隨著時間逸失，人類不知道自己失去了哪些偉大思想、動人的藝術作品與革命性成就，大概是種幸運。或許有人認為，不知則不感困擾。但令人瞠目結舌的是，不少歐洲近代思想家從文化的規律衰落中，看見一個理性、甚至有益的運行。彷彿文化記憶是一種世界有機體，只要新陳代謝活躍，吸收養分之前先消化、排泄，維生功能就能運作。

　　這種獨斷狹隘的世界觀，將肆無忌憚地奪取、剝削他國領土，征服、奴役且屠殺非歐洲民族，以及消滅他們可鄙的文化，視為自然過程的一部分，並且拿受到扭曲的適者生存演化論為其罪行辯解。

　　唯有欠缺的、遺失的，才能受人哀悼，這十分合乎自然。一件遺物、一則信息，有時是一則傳聞或模糊難辨的蹤跡、一聲回響，滲入我們的心裡。我多希望瞭解，祕魯

彭巴草原上的納斯卡線地畫有什麼意義，莎芙詩的三十一殘篇怎麼結尾，數學家海芭夏究竟造成什麼威脅，竟使得她的作品全數被銷毀，屍體也遭肢解。

　　有時候，殘餘物本身即可評註自己的命運。蒙台威爾第的歌劇《阿麗安娜》只留下一首輓歌，由女主角阿麗安娜絕望唱道：「讓我死去吧。命運多舛，痛苦難挨，有誰能安慰我？就讓我死去吧。」精神學家佛洛伊德的孫子盧西安‧佛洛伊德，有一幅畫作收藏於鹿特丹的博物館裡，但那只是複製品，真跡遭人偷竊，其中一位竊賊的母親在羅馬尼亞把真跡丟進浴室的火爐燒了。那幅畫上有位雙眼緊閉的女子，看不出來是睡著還是已經死亡。古希臘悲劇作家阿伽松只流傳下兩句名言，多虧亞里斯多德曾經引用：「藝術熱愛偶然，偶然熱愛藝術。」以及「即便是神，也無力改變過去。」

　　眾神無能為力之事，歷代暴君總是一次又一次渴求：只是寫入當代，無法滿足他們破壞性的創作欲。若想操控未來，就必須磨滅過去；想要成為新朝代的開國君主，成為真理的源頭，就必須消除對先人的懷念，禁止批判思想，就如同自稱「秦朝首位崇高之君」的秦始皇。西元前二一三年，他下令進行歷史初次記載的焚書，並處死異議分子，或者強迫他們建造馳道、萬里長城或巨大的陵寢。陵寢中狂妄陪葬著真人大小的兵馬俑，配有戰車、馬匹與武器，其複製品如今遍布世界史中，這種前所未有的藝瀆，既滿

足也損害了其主人渴望得到的紀念。

想與過去一筆勾銷的可疑計畫，多半來自意圖重新開始的可見期望。十七世紀中期，據聞英國國會曾經認真討論是否燒毀倫敦塔裡的檔案，「磨滅往日的記憶，開啓新的生活。」阿根廷作家豪爾赫·路易斯·波赫士這麼引用英國字典編撰者塞繆爾·約翰生的話，不過我找不到這段話的出處了。

眾所周知，地球本身是由已逝的未來所形成的廢墟。人類混雜散亂、爭論不休，共同繼承的奧祕遠古時代，不斷受到侵占與改造、扭曲與破壞、忽略與排擠；因此，與普遍假設不同的是，真正的潛在空間不是未來，而是過去。正因如此，重新詮釋過去，就屬於新統治體系首要的官方職責。像我一樣經歷過歷史斷層、勝利者偶像形象的毀滅、紀念碑拆除的人，不難發現，每一種未來願景，不外乎未來的過去而已，例如拆除曾經重建的柏林城市宮廢墟，建造共和國宮。

一七九六年，法蘭西第一共和國進入第五年，巴黎沙龍藝術展上，曾經創作攻占巴士底獄、拆除默東城堡、褻瀆聖德尼聖殿皇陵等畫作的建築畫家于貝·霍貝，正在羅浮宮展出兩幅畫，其中一幅呈現他將王宮改爲羅浮宮大畫廊的創意，玻璃屋頂灑下充足的光線，照亮收藏繪畫與雕像的大廳，大廳裡遊客如織；然而另一幅畫中，同樣的空間卻成爲未來的廢墟。在能夠看見未來景象的天窗位置，

只見濃雲密布的天空：穹頂已然坍陷，光禿禿的牆壁沒有任何陳設，損毀的雕像散落一地。只剩拿破崙掠奪而來的戰利品「觀景殿的阿波羅」昂然於廢墟之中，雖全身燻黑，卻完好如初。愛湊災難熱鬧的人，在廢墟景致中四處遊覽，挖掘遭掩埋的雕像軀幹，窩在火邊取暖。拱頂裂縫中冒出青綠。這個廢墟是一處烏托邦，過去與未來在此交疊合一。

　　建築師亞伯特・史珮爾的空想「廢墟價值」理論更進一步：他在納粹主義終結幾十年後宣稱，他不僅為那並非單純比喻上的千年帝國設計出堅固耐用的材質，甚至顧及各建築未來的廢墟形式，即使日後成了斷垣殘壁，也能媲美羅馬廢墟的雄偉宏大。反之，奧斯威辛集中營被描述為不留廢墟的毀滅，不是沒有道理。它是座非人建築，是細密緊湊、運行無歇的工業化毀滅機制，抹殺了數百萬人，在二十世紀的歐洲留下巨大空白；無論是受害方抑或加害方，在倖存者與其後代的記憶中，這創傷是分裂的、難以融合的異物，需要全面修整。究竟什麼樣的失去可以經歷？這個問題因為種族屠殺的罪行顯得更加迫切，並讓不少後代子孫做出孱弱卻可理解的論斷，亦即發生過的事不具任何代表性。

　　特奧多爾・萊辛於第一次大戰完成的著作《歷史，為無意義者賦予意義》中寫道：「史料保存了什麼？不是列

日戰役中被踩踏的紫羅蘭的命運，不是魯汶焚城中痛苦萬分的牛，不是貝爾格勒的雲。」他在書中揭露，理性發展的歷史，其一切歷史設計，不過是事後為不成形的事物賦形──是有始有終、有起有伏、有盛有衰，遵循著敘事規則的故事。

即使演化法則顯示，偶然性與適應性之間錯亂複雜的交互作用，才是左右能否持續存在一段時間的關鍵；但啓蒙運動的進步信仰依舊發揮作用，原因很可能在於，鑽營求成的歷史時間軸有其淺薄魅力，並且符合西方文化的線條字型──有鑑於此，我們很容易屈服於自然主義的謬誤，即使神性機構已喪失重要性，仍認為所給予的一切是想要的、是有意義的。這套單純卻無從抵抗的劇本不斷發展，在其中，往昔的唯一用途是襯托新事物，並將歷史想像成是必然的，絕非是偶然的前進，無論這歷史指涉的是個人生命、國家，還是全人類。所謂年代學，是為新來者連續編號，這一點檔案管理員都知道。然而事實證明，年代學因其無奈的連貫性，是最不具獨創性的組織原則，因為秩序只是一種偽裝。

如今，世界本身就是自己巨大浩瀚的檔案室。地球上有生命和無生命的物質，都是一個曠日廢時的龐然記錄系統所擁有的文獻檔案，系統中淨是從過去經驗汲取教訓與結論的各種嘗試；而分類學不過是事後試圖將生物多樣性雜亂無章的檔案分門別類，並為演化傳統產生的無窮混

亂，提供一個看來客觀的結構。在這個檔案室裡，基本上
沒有東西會遺失，因為能量恆常不變，萬事萬物都會在某
處留下痕跡。佛洛伊德說沒有任何夢境、任何想法能被真
正遺忘；如果這句令人想到能量守恆定律的驚人名言屬實，
那麼不僅可透過媲美考古挖掘的努力，像掘取遺骨、化石
或陶片一般，從人類記憶的腐殖土挖掘出過往經歷，例如
繼承而來的創傷、詩中毫無關聯的兩行、童年初期暴風雨
夜留下的幽靈般夢魘、可怕的色情景象等等，也能從冥府
奪回無數消亡世代的影響，只要我們開始尋找它們的蹤
跡。真相於是不容否認，即使是被排擠、被磨滅、被失誤、
被遺忘的真相，也永遠存在。

　　不過，物理法則的安慰有限。因為能量守恆定律雖能
轉化有限性，卻隱瞞了多數轉化過程是不可逆的事實。燃
燒藝術品產生的熱量對人有何用？灰燼裡再也找不到值得
讚賞的東西；以早期默片膠卷的去銀物質加工製成的球，
無動於衷地滾過鋪著綠墊的撞球桌面；最後一頭大海牛的
肉也很快被消化一空。

　　當然，隕滅是一切生命與創造的存在條件。一切會消
失，會瓦解腐朽、灰飛煙滅，自然只是時間問題；甚至可
見證往昔的奇特證據，也要歸功於災難才得以存在：例如，
長期以來難以理解的希臘早期象形音節文字「線形文字
B」，其唯一的文獻之所以流傳下來，正是西元前一三八
○年一場燒毀克諾索斯宮殿的大火，同時把記錄著宮殿收

入與支出的數千片泥板燒得堅硬的關係；維蘇威火山爆發，活埋龐貝城裡的人與動物，屍體腐爛之後在堅硬的火成岩裡留下可灌鑄的空心，形成了石膏鑄件；或者廣島原子彈爆炸，人被蒸發後，留在房屋牆壁和路面上宛如靈異照片般的剪影。

　　體認到萬物終有一死，令人傷感，故可理解想要抵抗這種短暫性、為未知的後世留下痕跡的空虛渴望；是的，就是留在其記憶裡，「不被遺忘」，就如同雕刻在花崗石墓碑上孜孜不倦的意願申明。

　　太空船航海家一號和二號攜帶的兩個時間膠囊將永遠飄浮在星際間，其中承載的訊息，也見證了一個理性物種想要彰顯自身存在的動人期待。在兩片同樣鍍金的銅版上，儲存了照片與圖像、音樂與聲音，以及五十五種語言說出的招呼語：「你好，這是來自地球孩童的問候。」這種無所畏懼的樸拙，透露出人類許多的本質。想到人類留下的是莫札特的夜之后詠嘆調、路易斯・阿姆斯壯的〈憂鬱藍調〉，以及亞塞拜然風笛悠長的樂音，不可謂不令人興奮神往；但前提是，外星發現者不僅要能解密銅版上播放類比錄製唱盤的謎樣圖像說明，還要真正付諸實行。不過，太空瓶中信的主事者也承認這個可能性微乎其微。所以此次行動的企圖，不如解讀成科學中始終存在的魔法思想產生的結果。科學，在此策畫了一場儀式，最最一開始

是讓不願接受自己全然無足輕重的物種強化自我形象用的。然而，沒有收件人的檔案是什麼東西？沒有發現者的時間膠囊，或是找不到繼承者的遺產，又是什麼？經驗教導我們，對考古學家而言，過去各個時期的垃圾是最有說服力的收藏。我們無須插手，由科技垃圾、塑膠和核廢料等垃圾構成的地質層，就會撐過時間的洗禮，如實傳達我們的種種習慣，造成之後地球生命的長久負擔。

屆時，我們的後代可能早已動身前往第二個地球了。有史以來，我們一直渴望有第二個地球，能夠反轉時間，彌補犯下的錯誤，必要時即使耗費鉅資，也要重新創造人類草率破壞的事物。到時候，很可能以人工 DNA 的形式，在抵抗力特強的菌種的遺傳物質中儲存人類文化遺產。

西元前二九○○年的埃及早王朝中期保存下來的一卷莎草紙，由於保存狀況惡劣，至今從未打開，人們無從得知裡頭記載了什麼樣的訊息。有時候，我會想像未來的景況：後世子孫手足無措地站在我們今日的數據儲存器前，罕見鋁盒裡面的內容，因為平台與程式語言、文件格式與播放器等快速的更替，變成沒有意義的代碼；但是作為物體，散發的光芒卻遠遜於印加帝國結繩文字那些多話卻又沉默的結，或是已不清楚是紀念勝利還是悲痛的神祕古埃及方尖碑。

即使沒有什麼能永恆不朽，有些事物仍保存得較為長久，例如教堂與寺廟超越宮殿，文字文化勝過沒有複雜符

碼系統也行的文化。花剌子模學者比雷尼將文字描述為透過地點與時間繁衍的生物；從一開始，文字就是一種平行於遺傳、獨立於親緣之外的訊息傳遞系統。

我們可以從書寫和閱讀中挑擇祖先，以第二條精神的遺傳線，面對傳統的生物傳承。

不時有人建議，若把人理解為是神歸檔世界的器官，保存著宇宙的意識，那麼無數寫作與印刷的書籍（當然不包括神自己或者祂眾多流出者撰寫的），顯然試圖滿足這種徒勞的義務，將萬物的無限性保存在實體的有限性中。

也許是我的想像力有其侷限，因為我始終認為，使用幾百年的紙張雖不及莎草紙、羊皮紙、石頭、陶器或石英保存得良久，而且翻譯成最多語種、印刷次數最多的《聖經》也沒有完整流傳下來，書籍仍是所有傳播媒介中最完美的。大量印製書籍，提高了千古流芳的機會；書籍是一種開放的時間膠囊，自書寫與印製開始，便記錄下往昔時光的蹤跡，每一個版本都是一個類廢墟的烏托邦空間，死者滔滔不絕，往昔栩栩如生，文字貨真價實，時間失效無用。或許在許多方面，書籍是個不折不扣的守舊媒體，比不上沒有實體、要求遺產且資訊氾濫的新媒體；但正因為書籍的封閉性，所以文字、圖像與設計能完美交融其中。沒有其他東西能像書這樣整頓世界，有時甚至能取代世界。宗教在思想上切割開會消亡的和不會消亡的（亦即身體與心靈），可能是一種避開失去的安心策略。然而，載

體與內容的不可切割性，卻是我寫書也設計書的理由。

　　這本書也和其他書冊一樣，期待能夠留下點什麼，重現過去，喚回遺忘，讓沉默開口，哀悼失去。書寫無法真正挽回什麼，卻可讓人經歷一切。因此，這本書處理的，既是尋找，也是發現，既是失去，也是獲得；讓人感覺只要有回憶，在與不在的差異就無足輕重了。

　　長年寫作本書時，我曾在少數幾個珍貴時刻，腦中浮現書必然終將消失的想法，而那和塵封在架上的書一樣，令我感到安慰。

南庫克群島

圖阿拿基島

又稱圖阿拿赫島

＊這座環礁大概位於拉洛東加島南方兩百海里，曼加伊亞島西南方一百海里左右。

†圖阿拿基島應該是在一八四二年與四三年時序交替時，於一場海底地震中沉沒，因為一八四三年六月傳教士已經找不到這座島嶼。但要等一八七五年，這座環礁才從地圖上刪去。

　　我在市立圖書館地圖區一顆地球儀上，發現一座從未聽聞的島嶼那天，正好是七年前，某個靜滯無風的明亮四月天。這座名為恆河的孤島，坐落在太平洋東北方某處虛空，強勁黑潮流經的途中。這股蕩漾出藍黑色浪花的洋流，從福爾摩沙島沿著日本群島綿綿不息往北推送，帶來大量溫暖的鹽水。這座孤島是想像中馬里亞納群島和夏威夷群島的北交點，後者的另一個名字是以約翰‧孟塔古，也就是第四代三明治伯爵命名，至少在那顆大如孩童的頭、由石膏和紙漿製成、印刷精美的地球儀上是如此。這熟悉的名字和不尋常的位置激起我的好奇心，研究資料後發現，有人曾在北緯三十一度、東經一百五十四度附近，見過兩次礁石，甚至四次是陸地。不過，不管是礁石或陸地，它的存在始終受到質疑；一九三三年六月二十七日，一群日

本水文地理學家深入探查這可疑的區域後，正式宣告恆河島消失，但全世界對失去這座島並沒有多大關注。

事實上，古地圖集中繪有數不盡的幽靈島嶼。地圖愈準確，未受到探究的空間愈小，水手自認看到島嶼的次數就愈多；他們受到最後一處未知空白區域的刺激，因廣袤海洋的荒蕪而氣惱，被低垂的雲海或漂流的冰山所朦騙，厭惡鹹鹹的飲用水、腐爛的麵包與硬邦邦的醃肉，極度渴望陸地與名聲，在他們永無止境的貪欲中，所有的渴望融合成一大團黃金與榮光，誘使他們在航海日誌中寫下奇怪的名字與冷冰冰的座標，希望用這種假想的發現，刪掉他們徒勞無獲的日子。於是，尼姆羅德、鬥牛士或極光等名字得以入駐地圖，在象徵零碎陸地的黑色輪廓圖像旁，斜體字張揚飛舞著。

倒不是長久以來毫無爭議的主張引起我的興趣，而是眾多報導證實曾經存在而後消失的島嶼吸引我的注意。但所有文獻中，最顯眼的報導莫過於沉沒的圖阿拿基島，除了那個讓人想起消失魔咒般的響亮名字，主要還是島民自己所述：他們完全不知何謂戰鬥，戰爭一詞絕非帶有常見的負面意義。我埋藏深處的殘餘天真期盼，對此立即深信不疑，即使我同時想起好些宗教書中的烏托邦夢想，那些書竟然膽敢主張另一個世界可能存在；不過，這種世界大致說來只在理論中受寵——他們經常過度描述社會秩序，這樣的社會秩序經過深思熟慮，結果卻不利生活。即使明

知行不通，我仍像許多先人，尋找一處不識往日回憶、只認得當下的地區；在這個地方，暴力、苦難與死亡被人遺忘，無人認識。於是，圖阿拿基出現在我面前，比資料文獻描述得還要精采：在漁產豐饒、泛著奶藍光的潟湖中，三座微微浮出海平面的島嶼組成環礁，外緣一道珊瑚礁抵擋著滔滔白浪與惱人潮汐，島上覆滿高聳的椰子樹與茂密的果樹，住著不知名的居民，熱愛和平，心地善良。總而言之：方便起見，我把這個珍貴的地方想像成一處樂園，與其反覆受到讚揚、歌頌的樂園原型有個微小卻關鍵的差異，除了眾所周知「留下來比離開更有福氣」的老調之外，樹上的果實絕無蘊藏任何知識。沒多久，我也訝然發現，這座伊甸園是庇護所，而非驅逐之地。

　　雖未有精密計時器準確測定到這處不真實之地的方位，因為沒有塔斯曼，沒有瓦利斯，沒有布干維爾，沒有一位偏離航道的捕鯨船長曾經看見她柔和的海岸，但相關報導卻詳盡得足以令人相信她曾經存在。我反覆查看偉大南太平洋探險隊的航道，循著虛線，穿越紙漿地球儀海洋上的經緯線，比較路徑和島嶼的可能位置，然後帶著一絲優越，將她畫在最下方的空白四角形內。

　　毫無疑問的是，至今仍被某小型大陸讚譽為前進世界各地航海家第一人的探險家，在他第三次也是最後一次的航行中，差點錯過了圖阿拿基島。沒錯，他那兩艘曾是運炭艇的船，於惠特比的大霧中揚帆啟航後，一七七七年三

月二十七日那天，就這樣在離島嶼視野不遠處駛過——鼓起滿帆，傲如戰艦，裝備隆重。詹姆斯・庫克率領長期服役的「決心號」與船齡較短、方便操作的伴艦「發現號」，趁著海風徐徐，在慣常停泊的紐西蘭夏洛特灣起錨，航行過以這位船長命名的海峽；兩天後，終於把霧氣中閃耀墨綠的帕利瑟港山丘拋在身後，駛向公海。風卻與他們作對。微風清新吹拂，卻時時旋流，繼之而來的風虛弱無力；緊接著狂風暴雨襲來的，則是磨人的凝滯無風。本應綿延不息將他們吹送到東北方大溪地子午線的西風，也違反季節預報，完全銷匿無蹤，下一個下錨處變得愈來愈遠，情況愈來愈危急。時間漫漫，不知不覺流逝。希望一天天耗盡：原本希望在即將來臨的北半球夏季，沿著新阿爾比恩海岸航行，找出夢寐多時的水路入口，那是一條在不完善的地圖上、太平洋和大西洋之間令人期待的水路捷徑。縱使冰層阻礙、取道仍可航行的捷徑的夢想，就像宇宙學家的夢想一樣古老而頑強；自從庫克為了尋找傳說中的陸地，以之字形蜿蜒航行過南方海域，但除了冰山什麼也沒看見、不得不放棄南方大陸之後，夢想的輪廓顯得更為清晰。

　　兩艘船張著垂頭喪氣的船帆前行，隆隆作響的寂靜逐漸籠罩它們，那種寂靜截然不同於我在圖書館感受到的愜意靜謐。不過，我偶爾還是聽得見那悠悠滾滾的長浪、那晴朗天氣的嘲諷、那陣陣連漪繼而消褪的海浪喋喋不休的抱怨。那片寂靜讓麥哲倫將這片海洋命名為「太平」。但

一成不變的鬼魅聲調、冷酷無情的永恆噪音，比狂怒至極的暴風還要駭人；畢竟，狂風遲早會過去。

然而，這片海洋既不平靜，也不安寧，在底下光照不進的深處，桀驁難馴的力量正虎視眈眈。海底地面紋痕皺皺，劈裂地殼的海底山壑是史前時代無法癒合的傷疤；當時，大洋上唯一飄動的是尚未分離的大陸，遭到巨大力量撕扯後，往地幔推擠，直到板塊相互交疊、彼此插壓，往下至陡峭深淵，往上至明亮高空，順應著不懂慈悲也不識正義的自然法則。海水淹沒火山錐，無數珊瑚覆滿火山口邊緣，在陽光中形成新環礁的骨架，沖積而來的種子在沃土裡欣欣向榮，死火山則沉沒於幽遠的漆黑深處，陷入無窮無盡的時間裡。當一切仍在悄無聲息的喧囂中發生時，船艙裡響起公牛、母牛、小牛犢、公綿羊、母羊、山羊的飢餓叫聲，公馬和母馬嘶鳴，公孔雀與母孔雀尖聲啼叫，家禽也咯咯不停。之前的航行，庫克沒有帶這麼多動物上船，是國王希望這半個方舟的動物能像其典範一樣繁衍後代。他不由得納悶，諾亞究竟是如何填飽所有飢腸轆轆的嘴，牠們消耗的糧食就跟整船人員一樣多。

在公海航行第十五天，遠遠偏離測定的路線後，根據一位同行桶匠的日記記載，這位特別關心馬匹安適與否的船長下令宰殺八頭綿羊，以節省日益短缺的糧草。這些綿羊原本是要帶到南太平洋某島與當地羊隻一起繁殖的。然而，有些羊肉烹調前就從餐廳中消失。這種小偷小竊發生

了許多次。船長嗅到了抗命、嗅到了背叛。當他決定在找到小偷之前縮減全船的肉類配額，船員卻碰也不願碰一口微薄粗食時，也嗅到了造反。這個詞好幾天懸盪在空間裡，是熾烈陽光下的火柴，唯在微弱星火時將之熄滅，才能除卻後患。在那漫漫無盡的日子裡，風再度吹起，從南方席捲而來，這位指揮官素來冷漠、難以親近，如今明顯翻轉，爆發成赤裸裸的怒氣。庫克暴跳如雷，一個高大卻孤寂的人物，咒罵聲直直貫穿到底下的彈藥室。啃食他心的並非憂慮不安，而是懷疑，平時深植許多船員心中嚴厲卻公正的父親形象，這陣子黯淡成一位老暴君，就像風一樣反覆無常。兩年後，庫克橫死於歐威夷某個海灣；只要有心，便能從尋找航道未果的種種惡事，以及他在日記中對此隻字未提的事實中，挖掘出他斃命的一連串禍因。

不過，在漫無盡頭的一個月裡，剩下的日子也終於過去了。這個月裡，時間早已轉變成類似靜止狀態的永恆，單一鐘頭和天數毫無意義。信天翁與海燕繞著船隻迴翔，飛魚在乾燥的空中滑行，鼠海豚與海豚從旁游過，一群水母又小又圓，宛如毛瑟槍的子彈。一次，出現了一隻紅尾大白鳥，預示著一片很近卻沒被發現的陸地；還有一次，漂來一株在海上沉浮已久的巨大樹幹，覆著一層灰白的藤壺，像鬱積的膿。

接著，一七七七年三月二十九日上午十點左右，前方逆風航行的發現號升起紅白藍荷蘭國旗，是看見陸地的信

號。同一時間，決心號的桅頂瞭望員也看到了東北方地平
線閃爍藍灰的海岸，幾乎宛如海市蜃樓。船隻航向遠方飄
蕩的不知名島嶼，直到日落西山；一整夜仍以之字形前行，
駛近小島四英里。拂曉時分，太陽於潮水中升起，島嶼南
面浸淫在陽光輝映中，壯麗動人。眼前這般超凡脫俗的畫
面，深深撼動人心，好幾位船員紛紛抓起羽毛筆和畫筆，
希望透過水彩與多少練習過的線條，留下這幅預示著光明
前途的景致，而不單是保存在會騙人的記憶中：山丘緩和
有節，在晨曦中隱隱泛紫，頂峰覆滿繽紛多彩的樹木，棕
櫚樹的樹冠婆娑散葉，山坡植物繁茂蒼鬱，綠意盎然，燦
亮的椰子、麵包樹與大蕉樹，氤氳出藍與粉紅的光輝。

　　我在地圖區觀察著那些圖畫，仍舊看得出蘊藏其中的
渴望。廳宰裡空氣窒悶，詢問後得知，出於保存的理由，
所以不可敞開毛玻璃窗。一堆草圖中，也有發現號領航員
的地圖，負責測量島嶼規模。他搭乘小艇繞行不大的島嶼，
盡可能繪製出地形圖。紙上由雙線勾勒的孤島，果斷的線
條畫出的可能是小丘，也可能是頭頂的髮旋，一旁則加註
了一個倍加荒謬的名字，龍飛鳳舞的字跡慎重其事宣示著
「發現者之島」。又一個名字，我想是毫無根據的主張，
就像孕育那名字的習俗一樣傲慢又多餘。

　　島民早已聚集在海灘上，渾然不覺自己是被發現的。
在遙遠他方的報告中，他們的角色不可避免都是土著。為
此目的，島民已經列隊站好，肩上挑著木棒，長矛在手；

從斜坡陰影下踏進晨光的人愈多，粗啞的歌聲就愈響亮、愈迫人。他們揮動武器，隨著喊叫的節奏一次又一次刺向空中，多次使用望遠鏡觀察，也無法確定那是企圖威嚇或是邀請。即使在望遠鏡中，數量已達兩百的人群明顯變得比較近，但這個由木頭、黃銅和玻璃製成的儀器，完全無法解釋重要許多的問題。儘管有率直的好奇心，儘管有豐富的詞彙能生動描述語言、手勢、身體構造、服裝、頭髮樣式、皮膚上的紋飾，儘管應該把這民族與他族比較才算是仔細慎重，但先行於語言的目光，並未看見所有的本質，因為目光只識得陌生或熟悉，只識得類似或獨特；因為目光切分開曾是一體之物，在無界之處畫下界線，就像航海圖上過於清楚的海岸虛線，假裝知道何處是海水之終、陸地之始。

我久久反覆思索，真有人懂得解釋符碼嗎？毛瑟槍和旋轉砲的用語、或高舉或伸向前的無數左手和右手、野蠻或得宜的行為舉止、又在火上烘烤的肢骸、互相摩擦的鼻子、豎直的香蕉枝或月桂枝、問候的姿勢、和睦的象徵，以及人食人等符碼。我靠著咖啡廳一排鋪上暗紅色天鵝絨坐墊的座位，打量周圍埋首用餐的人，問自己何謂和平、何謂戰爭，何謂開始、何謂結束，何謂仁慈、何謂狡詐。分享同樣的食物，夜晚在火光的輝映下同坐，拿能止渴的椰子交換鐵製品和小玩意兒？

總之，島民站在岸邊，踉踉蹌蹌踩著淺水，據說一邊

跳舞、一邊涉水，尖叫衝向礁石。但他們腦子裡在想什麼？我有什麼資格評斷？雖然我不乏來自國外的邀約，但我仍留在家鄉，常常跑圖書館尋找新的研究對象，想要澄清那些存在隱匿不顯的根源，藉由每日規律工作的表象賦予其意義。因此，重來一次：他們想其所想，見其所見，而他們是對的。

　　至少毫無疑問的是：兩位島民駕著尾端高聳分岔的小舟駛往船艦，誰也沒去碰丟向他們的禮物，沒碰釘子、玻璃珠，也沒碰紅色上衣。確實可信的記載還有：小舟上有一人不慌不懼抓著繩梯，爬到決心號甲板，自我介紹是曼加伊亞島的茂魯亞。他想必在船艙裡與船長對峙了片刻，四目相對，像兩頭從未見過的動物般打量彼此：兩個男人，頭顱圓滾滾的茂魯亞和令人想起鳥的庫克。一個五官柔和、眼睛明亮、嘴唇豐滿，另一個臉部線條嚴峻、鼻子飽滿、嘴巴細薄，深陷眼窩的眼睛咄咄逼人；一個把又黑又長的頭髮在頭頂綁成粗髻，另一個將稀疏不多的頭髮藏在銀灰色的假髮底下；從肩膀到手肘滿是刺青的橄欖色肌膚，對比另一人的蒼白皮膚；營養良好的粗壯身軀穿著樹皮製成的及膝象牙色外袍，對照另一個高大瘦削、過膝短褲搭配衣襟敞開的海軍藍鑲金邊制服的身形。即使許多描繪庫克的畫像或素描，好意隱去他右手拇指與食指延伸到手腕的腫脹燒傷痕跡，那天下午船艦畫師為茂魯亞畫的肖像，也沒畫出他額頭那道因戰鬥留下、但治療不佳的長疤，可

是我覺得，唯有讓這兩人醜陋破相的巨大傷疤，才是將他們祕密連結的某種證明。爲了見證這個意料外的親近時刻，一把鐵斧易主了。曼加伊亞男子帶著斧頭，由小舟載回岸邊。波濤洶湧，翻騰不減，沒多久，庫克便放棄登陸或停泊的願望，因爲不管往哪兒拋下錨，海底都深不可測，且覆蓋著尖銳的珊瑚礁。沒有踏上那片陸地就離開，讓船隊深感遺憾，然而向晚時分，風兒柔柔襲來陣陣迷人芬芳時，遺憾進而蔓延爲焦心的絕望。

傳說將我留在這裡。無論傳說如何矛盾，至少把我帶到了黃藍色船艦上的英國紅旗幟底下，隔日破曉時，船艦將逐漸消失在遠方。忽然之間，我獨自站在甲板上，應該說，站在僅從約略勾勒的地圖上熟悉的島嶼岸邊，那片刻，我忘了自己不是流落到圖阿拿基島，而是鄰島曼加伊亞。那高出海平面五公里的環礁，狀似魟魚，宛如龐然巨戒般環繞著寬闊的石灰岩礁，石灰岩礁內部被洶湧波濤侵蝕出無數的危岩與洞穴；島礁中央，丘陵連綿起伏，隆起於荒地與沼澤湖面之上，丘頂潮溼，背風處乾燥。曼加伊亞島的緣起同樣受到探討。祖先乘著獨木舟和皮筏，跟隨天狼星一路划向東方，落腳在這處潰散之地後，誰是誰的兒子或成爲誰的兒子，誰繼承或騙取了哪個頭銜，都可從傳說文獻得知。然而，那些故事不是沿著年份輻射而出，而是循著鮮血的軌跡前進。在鮮血一次又一次拋灑在戰場之前，開枝散葉出眾多氏族，傳承了許多世代。

　　因此，我只能揣測茂魯亞回岸後受到什麼樣的迎接。
即使我出於某種不正當的理由，可以清楚描繪他的同胞擠
向前來，不斷詢問那些蒼白訪客的行爲及出身，然後異口
同聲下結論，是海洋之神坦加羅亞將他們送來。坦加羅亞
曾是曼加伊亞島民膜拜的神衹，在遠古時代吃了弟弟朗高
的敗仗，逃向大海。我眼前浮現他們回想著那場天意所決
的戰役，一起走向距離海岸不遠的朗高石像，感謝他再一
次將敵手及其隨從打得落荒而逃。在我貧瘠的想像中，茂
魯亞第一個走向神像。這位光榮的男子得意自豪，帶頭吟
唱頌歌，壯碩的身軀透露他是個飽經爭戰的勇士。打從他
還是尙未行割禮的男孩，手執鐵木製的棍棒，加入最後一
排戰士的行列開始，便隨著一場又一場的戰事逐漸往前，
大無畏塡補祖先遺留下來的空缺，武器也換成玄武岩打製
的斧與矛頭──在古老的潟湖谷地，風化的海岸峭壁儼然
大型競技場的看台，聳立於珊瑚礁上。有史以來，不同種
族間的戰鬥、世仇神衹後代間的戰鬥，始終在競技場不斷
上演，直到宣告結束的沉悶戰鼓聲響起，舞蹈旋即開始，
刺耳的呼號蓋過臨死者的呻吟。那是響透徹夜、令人毛骨
悚然的凱歌，直到天泛魚肚白，才替換成和平之鼓敲奏的
歌曲。勝利者贏得的，不外乎是統治者「曼加伊亞」的稱
號。曼加伊亞意味和平，曼加伊亞意味權力，對於時間的
權力，牢固得足以決定一切：誰可以耕作、居住在哪塊地，
誰被驅逐到只有雜草叢生的貧瘠石灰岩區。在石灰岩又溼

又冷的洞穴中，失敗者往往堅持不了多久，即形銷骨立
——或者大量繁衍後代，創造在下一次戰鬥中打敗前勝利
者的希望。我看見他們在昏暗中閃爍的眼白，聽到鐘乳石
的水滴落在他們的頭頸上，聞到腐朽的氣味。

在民族學文獻向我揭露那個島嶼的風土民情那幾週，
我得知權力在曼加伊亞島並非世襲，而是奪來的：在戰役
中取得，或在最後不乏釀成屠殺的晚宴中騙來的，受騙者
遭人以卡瓦醉椒磨碎的根迷昏，被放在熱石頭坑裡，被自
己的血燜熟成食物。

不過，現在茂魯亞雙手捧著閃爍異樣光芒的斧頭。若
以為那不過是榫在木柄上的一塊鐵，是份善意的禮物，就
是對它的力量一無所知。從此以後，在曼加伊亞島上贏得
勝利的人，即能拿這把比任何工具都有用的斧頭裝飾自
己，劈開木頭，做成圓桶、木板與武器，就如毫不費力劈
開朗高祭壇上垂死者的頭顱，開啓新的統治時代。

浩浩汪洋中，曼加伊亞島並非只是數千島嶼中的一
座，而是全世界。在這個世界裡，被活活餓死於腐臭的洞
穴迷宮中，還是在爛朽的獨木舟中遭焦陽曬死，其實沒有
差別。一旦失敗，一切也隨之失去，包含姓名、土地、生
命；只要能逃離，沒人想再折返。有幾個人的確逃走了，
有不少跡象指出那些幸運兒在距離兩天航程的圖阿拿基島
找到了避難處。然而，曼加伊亞島上的統治權仍不斷遞
嬗，直到戰勝與戰敗的循環陡然終止。歷史一再重演，只

是不同的變種：陌生人出現，是必須驅逐的入侵者；捕鯨人龜裂的手裡拿著虎斑貝，齒狀殼口宛如一張飢腸轆轆的嘴；傳教士和女眷一上岸，就嚇得半死逃回海上，家當全丟在海灘，公豬、母豬各一，後來被披上樹皮，當成神祇膜拜；厚重書中的黑色符號彷彿紋身，被撕下的書頁薄如蟬翼，裝飾在舞者身上沙沙作響；最後是一場沒有名字的瘟疫，造成的傷亡比所有戰役的總和還多。這是開場，緊接而來的便是終結，與眾神的漫長告別。鐵木製成的神像遭到奪取、聖林被褻瀆、神龕被燒毀。異教民族的悲鳴就如同他們在最後一場戰役的哀求一樣徒然。不改信宗教的人死於美國鋼斧，朗高像的廢墟聳立起一座教堂。庫克的斧頭不過是被擊敗的時光與統治的生鏽殘餘物，如今已完成任務，交給一位第二代的英國傳教士；至於那是帶著驕傲還是懷著某種希望，以期強化或結束無可挽回的結盟關係，我就不得而知了。傳教士自己也不知道，所以他毫不猶豫就將那塊鐵交給了大英博物館。

　　我不由得想到地心的種種力量。那些力量一旦作用，便縮短了升沉繁衰的原始循環：島嶼升起又沉沒，壽命比大陸還短。從數百萬年時光與這片大洋的浩瀚無垠來看，那些都不過是短暫的現象。我在地圖區緩步走著，逐一檢視各個地球儀上閃爍著土耳其藍、蔚藍和淺藍的反面，相信自己找到了連結曼加伊亞島與圖阿拿基島之間的細微臍帶：是海底地震的力量，某天將曼加伊亞島從海底抬升出

海平面，周圍環了一圈玄武岩和死去的珊瑚，是從海底深處陡峭凸起的峰頂。而就在傳教士開始尋找這處環礁後沒多久，同樣是海底地震的力量，有天將圖阿拿基島往下跩到深淵，埋在太平洋龐然的海水底下；洶湧巨浪的灰影幾乎悄無聲息地從天際奔來，一個大浪拍下，瞬間吞沒一切。我想像著，隔天在原來曾是一座島嶼的地方，只剩殘枝死木在平靜如鏡的海面上飄蕩著。

才一年前，一艘小型縱帆船載著七個人，找到了礁岩入口，抵達空無人跡的圖阿拿基海岸。一名水手遵照船長的命令，攜把單劍便深入內地，穿越香蕉樹、椰子樹、九重葛與蘭花組成的灌木叢，呼吸混合緬梔、木槿與白色茉莉的芳香，終於在林中空地發現一間屋子，裡面聚集了幾個人。我心滿意足讀著唯一描述這次見面的報導，發現他們全都披著曼加伊亞斗篷，口操曼加伊亞方言。

其中一個無疑年紀最大，他要水手進去。水手依言進入後，老人問起船長。

「他在船上。」水手據實以告。

「他為什麼不上陸來？」老人面不改色問道，脖子上的螺號晃盪著。

「他怕被你們殺了。」

頓時一陣靜默。有那麼片刻，浪濤彷彿近得危險。老人望著蒼鬱林葉，過了好一會兒，終於心平氣和地說道：「我們不知道怎麼殺人，只知道怎麼跳舞。」

　　我的目光最後一次落在淡藍色的地球儀上，很快找到了位置。就在赤道南方幾座四散的島嶼間，曾經躺著一片完整的土地，位於世界之外，遺忘了關於世界的一切。然而，世界只為熟識之物哀傷，不知隨著小島消逸而損失了什麼，縱使連結小島與世界的，不是貿易與戰爭的結實船纜，而是細密精妙的夢之網，但這俗世球體仍讓此消逝的空白之地成為她的臍帶。因為傳說是最崇高的現實，而圖書館是世界大事真正的舞台，我就這樣沉思了好一會兒。

　　外頭飄起了雨，對北方這裡的緯度來說，是一場不尋常的溫暖季風雨。

古羅馬
裏海虎
Panthera tigris virgata，又稱為波斯虎、
馬贊德蘭虎、赫卡尼亞虎、裏海虎或圖蘭虎

*不到一萬年前，由於棲息地分開，西伯利亞虎和裏海虎分成兩個亞種。後者生活在阿拉克斯河上游，從塔雷什山脈林木蒼鬱的山丘與平原到連科蘭低地，以及裏海南岸和東岸，厄爾布爾士山脈北側到阿特拉克河，科佩特山脈南方到穆爾加布河流域，以及阿姆河上游與其支流，從阿姆河河谷到鹹海，更遠處到澤拉夫尚河的下游河道，從伊犁河逆流而上，沿著特克斯河進入塔克拉瑪干沙漠。

　　獵捕、棲地縮減與賴以為生的重要獵物減少，是裏海虎滅絕的原因。一九五四年，位在土庫曼與伊朗交界科佩特山的孫巴河附近，一隻裏海虎被射殺。根據其他報導，最後一隻裏海虎，應於一九五九年在伊朗北部的古列斯坦國家公園遭到殺害。一九六四年，最後幾隻裏海虎的身影，出現在塔雷什山支脈與靠近裏海的連科蘭低地流域。七〇年代初始，伊朗環境部一群生物學家在罕無人煙的偏僻裏海森林尋找牠們，但是耗費多年毫無所獲。遭到監禁的裏海虎無一存活。少數被製成標本的屍體，存放在倫敦、德黑蘭、巴庫、阿拉木圖、新西伯利亞、莫斯科與聖彼得堡等地的自然歷史博物館。塔什干自然博物館曾經保存一隻裏海虎剝製標本，但在六〇年代中期遭到燒毀。

傍晚，牠們飢腸轆轆，躁動不安。好幾天沒吃肉；被抓住後，也無法獵食。監禁嚇跑本能，牠們如同被啃光的骨頭般突兀躺著。大貓眼裡燃燒著熊熊火焰，卻是火炬的反光，宣告守衛到來。守衛巡查時總會透過欄杆窺覷，傾聽黑暗中的動靜，確認貨物是否還活著。

柵欄開啟，但送來的不是食物，而是獸箱。火炬照亮了路，好幾支矛將牠們逼入兩個沒有窗戶的黑木箱，高不過牠們的馬肩隆。有人把牠們推入等候的車中。感官因為飢餓而變得敏銳。騷亂、移動、眾聲嘈雜：守衛粗暴的命令，車夫刺耳的哨聲，轡頭叮噹作響，糧船拍打遠方的一處碼頭，車輪轆轆顫動，繩索啪啪飛揚。

車隊猛然出發，行駛在預定路線，進入城市的最中心，進入存在的最末端。車軸每轉動一次，就吱吱嘎嘎響。

兩獸中間隔著一道牆。牠們蹲伏在黑暗中，對一切瞭如指掌，卻什麼也看不見。看不見腐臭的船塢、熱氣蒸騰的剝皮場，看不見牠們穿越普萊內斯特大門，也看不見由大理石與蒂卜石搭蓋、即使在深夜也閃耀發光的建築。牠們是動物，像我們一樣的動物，也像我們一樣瀕臨死亡。

夜幕依然低垂，牠們被搬入地下墓穴，在天色將明前的幾個黑暗鐘頭裡，毫無目的地踱著狹窄的圈子，彼此陌生——至於勢均力敵與否，日後將會揭曉。牢籠散發出霉味，那是不見天日的地牢。太陽終於升起，陽光依舊透不進來，無法灑進這個由通道、裝卸台與絞盤，由機關和門

組成的地下世界。

　　遠遠在牠們上方，這時張起了帆布，在形似巨型漏斗的競技場頂上，拱成第二個天空。漏斗裡逐漸聚滿人，有執政官與元老、維斯塔貞女與騎士、公民與自由人、被解雇的軍團士兵，看台最邊上那區是女人。他們來此觀賞，也來此被觀看。這天是節日，場面浩大。若把這說成競技，就誤解它具有的神聖秩序，誤解它產生的極端嚴肅。

　　天色尚早，皇帝走進包廂，將斗篷上的兜帽往後一掀，露出高大魁梧的身形、粗厚的頸項，以及人人從硬幣上認識的碩胖側影。等他終於坐下，地牢即開啓，場中敞開一道深坑，從活門上來一頭前所未見的龐然巨獸。牠衝進競技場，沿著圍籬移動，接著又一躍而起，撞向隔開表演場與觀眾的邊欄，隆隆咆哮，巨大有力的前爪擊打著鐵門，而後退下，環顧四方，好半晌動也不動。

　　巨獸威震八方，來自波斯森林深處，裏海邊綠蔭長青的險峻原始陸地。牠的名字既是詛咒也是懇求，意爲：迅如箭，狂如世界湍急之最的底格里斯河（Tigris），老虎（Tiger）便是得名於此。牠的毛皮烈紅如篝火，黝黑條紋如炭火中的枝椏，面部繪製精緻，雙耳直豎，臉頰強健有力，口部兩側冒著白鬍，濃重的眉毛底下，雙眼射出綠光，額頭上映著一道誰也不諳其意的深色標誌。

　　巨獸搖晃龐然頭顱，齜牙咧嘴，露出醜陋大牙裡的兩顆尖銳犬齒與肥厚咽喉；舌頭往光禿禿的鼻子一舔，喉嚨

裡傳出一陣咆哮，人們從未聽過的嘶啞吼聲迴盪在看台之間。在這聲可怕的嚎叫之後，任何話語都變成嗚嗚低鳴。有個廣為流傳的說法，半是傳聞、半是杜撰：傳聞這種老虎只有雌性，因為這獸極其殘暴，只有孩子被奪走的母親才會如此凶殘。唯一的偶然證明了傳聞正確：在黑棕色環形斑紋的尾巴底下，隱藏著能生育、但已經不會再分娩幼崽的母腹。

巨獸又動了起來，步伐悄然無聲，靜靜橫越表演場，沿著圍牆的陰影尋找安靜的安全掩護處；但是沒有找到。只見柵欄又髒又舊的灰色、裝設柵欄的洞口、白得耀眼的寬袍飄動起伏、淺色斑點，還有一張張僵成面具的赤裸臉孔。

此獸何時第一次出現在他們面前？並不是在噩夢中，像會吃人的蠍獅，有著陰險孩童的面貌、滿口利牙、尾巴長滿尖刺，而是活生生跟著印度使節團抵達薩摩斯島。當時來的也是隻母老虎，一群獨特動物中的最後一員，熬過了艱辛漫長的旅程。牠被套上鍛造的鏈子，帶到奧古斯都面前，以展現對他的敬意——同時呈現了大自然的可怕奇觀，令人毛骨悚然的古怪程度，就如同被放在牠身旁的那個猶如方柱胸像的男孩。男孩半裸，身體撒上香料，雙臂在襁褓時期就被人從肩膀處切斷。他們站在那兒，齜牙咧嘴的巨獸與殘缺不全的人類——兩種奇特的生物，一對詭異的搭檔，每位詩人都能以此為靈感，創作出描述恐怖之偉大的諷刺詩。

　　六年後，巨獸第一次現身在羅馬，於古羅馬曆五月四
日，在等待已久的競技場落成典禮上亮相，同時展示的，
還有犀牛和一尾身長十腕尺的斑紋蛇。原本的猛獸已不復
見，在眾目睽睽下，牠就像隻狗似的，粗刺的舌頭舔著馴
師的手。

　　羅馬人建立的帝國龐大雄偉，向天下四方擴張，不僅
征服拉丁人、沃爾西人、艾奎人、薩賓人和伊特魯斯人，
也打敗馬其頓人、迦太基人、佛里幾亞人，戰勝敘利亞人
和坎塔布里人；而今甚至像收服蠻族一樣，把猛獸馴得服
服貼貼，拿鞭子和鐵橇驅逐牠的野性，餵食羊肉和兔肉騙
取牠的信任，藉以展現寬宏大量，就如同對待其他臣服者。
這隻母老虎眨巴著眼，擋開一道道的陽光，卻迴避不掉人
類糾纏不休的目光；牠像是即將獲釋的奴隸，就要宣布成
為帝國公民。然而，某個地方忽然傳來復仇的吼叫，與其
說是猜疑，不如說是宣洩情緒，應和聲一波又一波，是
萌發的猜想和突來的懷疑交疊而成的回音合唱。眾人硬是
認為牠的臣服不過是表演，溫柔不過是詭計。即使這類猛
獸隱藏起利爪，仰躺在地，露出肚子撒嬌，要求馴師撫摸，
駭人的程度依然不減。儘管戰勝這個對手，掌握其生死，
仍舊感覺到屈居下風，激起糾纏不去的恐懼。因為不能否
認的事實是：大自然不可克服，野性也難以馴服。那獸的
每一口呼吸，在在令人想起古老的恐懼與危機四伏的災
禍，使得牠即將來臨的死期迫切得像戰役獲勝後的謝祭。

因此判決一致通過：這隻馴獸需死於戰鬥，一如羅馬所有的敵人。然而要選擇對手時，卻沒人敢出面迎戰。牠最後被捅死在籠子裡。

　　鎖鏈啷噹刺耳，升降板喀啦喀啦響，木艙板往沙裡落開，地面開了個口。座位間響起竊竊私語。陰暗中，探出黃褐色的頭。一頭獅子踏進場內，沉著從容，獅首昂然，圍著一圈鏽黑色的鬃毛。深色毛髮從肩膀上方一路垂到下腹，蓬鬆散亂。牠看著陌生的大貓，打量著牠出色完美的猛獸身形。兩隻動物杵著，第一次正眼端詳彼此，但是保持安全距離。大門傳來馬兒嘶鳴，鞭子啪搭爆響。除此之外，一片靜默。所有人屈身向前，想要解讀兩隻野獸的目光、牠們的無聲姿態與文風不動的存在。然而，毫無線索透露蛛絲馬跡。看不到一星順從的火光，看不見曠野上狩獵者與獵物間的一絲默契。

　　獅子坐下，儀態威嚴，毫無半絲躁動，挺胸收腹，凝成一座雕像似的，宛如長年稱霸的國王。沒人說得準獅子是先有統治權，抑或先擁有英雄形象。不尊崇獅子的世界，無法想像；不讓獅子作為萬獸之王的寓言故事，不值得敘述。牠的鬃毛在陽光下紅得閃耀，目光凝結，雙眼亮如琥珀，尾巴頂端那撮毛拍打著乾沙。牠張開大口，愈張愈大，露出又大又黃的利牙。接著，頭一昂，耳朵直豎，眼睛瞇成一道細縫。然後，從胸膛深處擠出低吟，一陣又一陣，而後是可怕的隆隆聲，每一聲彷彿湧自更深處的深

淵，愈來愈響、愈來愈長，也愈來愈急迫、威嚇重重。印度人說那是盛怒暴風的咆哮，埃及人說那是衝鋒大軍的怒吼，希伯來人說那是耶和華的雷鳴怒火。不過，那也可能是宣告世界末日的創世原始聲音。

母老虎身形一矮，頎長的身軀像弓弦，白色的虎鬚刺入沙中，後腿伸長有如貓式，肩膀下方的肌肉逐漸聚結力量。牠伸出一隻前爪，小心翼翼，另一隻也跟著向前，緩緩匍匐前進，愈來愈近，停住，然後瞄準獅子。

獅子盯著牠逐漸靠近，沉著自制。傳說獅子勇氣非凡，這番讚揚十分貼切。恐懼侵襲不了牠。牠文風不動，堅守原位，靜觀其變；只有尾巴來回掃著，在沙上畫著同樣的弓形，眼裡熊熊燃燒著毀滅。據說牠血熱沸騰，連鑽石都能融化，或許所言不假。

起風了，一隻鴿子被帆布纏住，旋即掙脫，趕緊振翅飛逃。母老虎陡然冒進，虎虎生風，縱身撲向獅子。獅子一躍而起，飛撲反擊，兩具軀體相撞擊，悶響一聲，肉軀與獸皮在沙裡交纏翻騰；雙方急速旋轉，飛沙揚起，露出了底下的木地板。怒叱、喘息、咆哮充斥整座競技場，攙雜著人聲吵嚷與吼叫，最後增強為震耳欲聾的喧囂，掩蓋掉其他聲響：在不見天日的獸穴裡，一頭獅子筋疲力盡嗚咽哀訴；被捕獸網抓住的幼虎嘶啞怒吼；受傷的大象虛弱號啼；被追捕到耗弱無力的牝鹿淒淒悲鳴；被射傷的孕豬淒慘啼哭。

　　這些野獸來自帝國遙遠的邊緣，黑豹、獅子和花豹來自茅利塔尼亞、努比亞與蓋圖里等地森林，鱷魚來自埃及，大象來自印度，粗野的公豬來自萊茵河沿岸，駝鹿來自北方沼澤。牠們全都是搖槳張帆以船運來的，忍受著暴雨、酷熱、冰雹與海浪顛簸，獸爪血肉模糊，牙齒也被磨鈍，關在粗糙榆樹和山毛櫸製成的木箱裡，就像戰俘與判刑罪犯裝載在公牛拉的車上，緩緩行進。公牛轉過伏在牛軛底下的頸子，一看見車上拉的貨物，立刻畏縮往後，驚慌得遠離牽引桿，粗息直喘，直翻白眼。

　　晴空萬里，車子駛過絢爛平原與幽暗森林，貧瘠和豐饒的土地，行經城市和鄉村破舊失修的地段，法律要求這些城鄉必須照顧動物，供養馴師。萬事萬物只爲羅馬——這個短暫又脆弱、仰賴周圍滋養的帝國中心。然而，大部分動物多半死在途中。被丟棄的獸屍，被海水泡脹，被太陽炙乾，或是成爲狗與鳶的飼料。牠們的命運悲慘多舛，可是比起存活下來的，顯然還是受到命運的眷顧。

　　牠們進入羅馬，被放置在高輪車上，停在戰爭裝備旁邊，就像其他價值連城的奇珍異品，萬聚矚目，歡呼讚嘆，大寫字母宣示著牠們的名稱和獲得的地點。

　　人們將牠們停放在城牆外船塢附近，關入獸籠，爲進入獵人也會變成獵物的競技場做好準備，把淡然沉著激變成仇恨。如果牠們太溫馴，就得挨餓好幾天，被丟以尖銳的荊棘與燃燒的枯枝，拿哐啷作響的金屬吊起，或者以紅

色稻草刺激。若是拒絕上競技場戰鬥，反抗別人安排好的角色，下場就是喪失性命。這些競技嚴肅莊嚴，嚴肅得就像牠們紀念的常勝統帥、先亡的凱撒繼承人、皇帝雙親等男男女女的逝亡。

戰鬥是神聖的。屠僕們依次拿鏈條把動物拴在一起，特意營造壯觀氣勢，吸引眾人目光：野牛拴在大象旁邊，犀牛旁邊是公牛，鴕鳥旁邊是野豬，獅子旁邊是老虎，在大自然中永不遭遇者，在競技場的半圓中緊張對峙──牠們被迫敵視，奪走生存空間，驚嚇發狂，暴露於眾人目光中，被看不見的繩索操縱生存，註定要死得痛苦但有趣，這是牠們存活的理由。即使判決毫無歧義，牠們的罪惡始終隱晦不明。

儀式儘管古老，在場沒有人拉起外袍蓋住頭，避開死亡的景象。牠們熱氣蒸騰的內臟安撫不了神明，沒有輓歌為死者而唱，沒有墳墓埋葬這些客死異鄉的屍首。只有經歷無數競賽存活下來，一次又一次抵抗死亡，殺死鬥獸士，最後獨自留在競技場上，死後才留有聲名；例如母熊英諾森琪亞，以及最後在喧嘩怒吼的觀眾面前遭無名老虎碎屍萬段的獅子西羅二世。

母老虎掙脫開來，往旁邊一滾。獅子右前掌緊跟著劈過來，打中老虎的頭，撕下一塊頭皮。牠嗅到了血，嗅到那隻在阿特拉斯山咩咩叫媽媽、引誘牠掉入陷阱的受傷小羊，牠嗅到了失敗與勝利。牠使盡全力，撲上母老虎背部，

後腳撐地，爪子擊打老虎脖子，將牠的頭顱往後劈。母老
虎縱聲高哮，怒喝呼呼，露出駭人的虎牙。獅子再度發動
攻勢，逼得母老虎節節後退，虎尾都擦到了牆；但牠毫不
罷休，再次撲向母老虎，瞄準喉嚨，接著使勁一咬。勝負
顯然已定。母老虎輕輕呻吟一聲，宛如嘆息，左耳下方裂
開血淋淋的三角形。但牠屈身一矮，扭身掙扎，終於擺脫
禁錮，接著一個反撲，躍上敵手背部，前爪猛擊獅頸，將
牠扯倒在地，爪子深陷獅皮中；接著又彈開，尾尖顫動著
落在十公尺外，塵煙漫天。觀眾席歡聲雷動，喝采連連，
號角聲響起。

　　獅子顯得昏昏沉沉，上氣不接下氣喘著。牠轉過沉重
的頭顱，察看劃過背部的兩道血痕。接著甩甩鬃毛，又恢
復戰鬥姿勢，迎面衝向母老虎，呻吟喘息，夾雜著痛苦的
巨吼。母老虎邁步向前，瞄準獅子前腳。兩頭動物雙雙躍
起，交纏撕咬，紅的、黃的、黑的毛髮迸發飛揚。群眾鼓
譟狂吼，吆喝聲此起彼落，瘋了似的為兩方的纏鬥火上加
油。他們稱之為捕獵，然而這裡不是叢林，每道出口也給
護牆擋住，高聳的牆壁就像被占領的城垛。

　　他們將競技與處刑混雜相交。一群細膩神經的粗野群
眾——習慣了恢宏、無窮與恐怖，習慣了可被想像的一切。
界線之所以存在，就是為了跨越。唯有好奇、唯有想到即
付諸行動的衝動，才會產生混合了憎恨的興致與攙雜了興
致的憎恨。因為這些自詡有所選擇的人，無非只是跟隨衝

動，正如純粹好玩就拿石頭砸青蛙的孩子一樣。

　　好奇心也引發疑問：若把動物全帶到此處，關在漏斗沙地一較高下，哪個會勝利？一場既能釋放恐懼又可克服恐懼的競技，一次比奧古斯都爲了紀念早夭的繼承人們舉辦的競賽還要盛大的奇觀。什麼是野蠻的頂峰？一頭馴化的老虎，咬爛一頭溫順的獅子？在競技場中獵兔的獅子，張口一咬，像自己的骨肉一樣叼在口裡，玩弄一番又放掉，就爲了再度捕抓？將貓科動物帶入場中，一天內競技、屠殺，造成婦女昏倒，最後屍橫遍野，軀體支離破碎、四分五裂、浸潤在血泊中，頭還在抽動，四肢又冷又僵？

　　馬戲（Zirkus）承自競技（Circus）。想法一旦存在於世，就會在另一個想法中存留。大貓蹲踞在馬戲表演台上，疊成金字塔，排成方塊舞隊形。牠們會騎馬和腳踏車、踩蹺蹺板、走繩索、跳火圈（穿著戲服的狗被當成柵欄使用），直到鞭聲響起，指令一下，舔起裝扮成羅馬鬥士的馴獸師的涼鞋，拉著馴獸師搭乘的戰車繞行馬戲場：獅子和老虎，這兩種草原上的群居動物、潮溼森林裡的獨行俠，肩並肩，就如古蹟的馬賽克上，酒神車駕前那一對被綁在車軛下的不相稱動物：非洲對抗亞洲、克制對抗熱情。過往的英雄事蹟、可媲美凱撒頭銜的尊榮名號，又有何用？獅子成爲皇帝和聖人的家畜，度過一生。牠實現了殉道者內心深處的願望，卻換來自己的帝國被掠劫一空。擁有一項特權，就會失去另外一項。城市、國家、國王強行將牠

鑄於盾牌上。牠在行使被賦予的職務時，忘了自己的出身，忘了一望無際的原野、太陽的威力與群體狩獵。歐洲把老虎遺忘了千年，現在對老虎又有何用？當然，由於牠罕見，所以免於被僵化成一種象徵。在拉丁文動物寓言故事中罕見的生物，與蛇和鳥歸於一類，鑲嵌在外國的德行標準中。牠被罵懦弱，但實則可謂聰明；只要可以，牠會避開人類。

展望未來，看到的是悲慘的命運：牠們的家園將如同凱撒家族一樣沒落，家破人亡，末世子孫將如鳥類般被製成標本，永遠俘虜在立體透視模型中，佇立於蒙塵的草原或殘敗的蘆葦前，玻璃眼珠，虎口大張，露出尖牙利齒，一副怒吼樣，威嚇駭人──或說哀切懇求，就像牠死亡的那一刻。這樣的生命，生活在自然保護區裡，或者受到人類照護，生活在玻璃和墓穴後方、人造岩石前，或鋪有地磚的室內空間和圍欄裡，一天到晚無所事事，蒼蠅飛繞頭部不去，彷彿一個介於進食與消化之間的存在，而空氣中瀰漫著羊肉、馬肉、牛肉與熱血的味道。

觀眾發狂咆哮。戰鬥陡然結束。兩頭動物不再交纏撕咬，停了下來，呼吸粗重，血從側腹汩汩流下。母老虎吃力地走開，受盡折磨的軀體靠在圍籬上，大口喘著氣。獅子沒有移動，肌肉抽搐，口唇周圍血跡斑斑，口吐白沫，目光呆滯空洞，眼睛無底。牠的胸膛抬起又落下，吸進灰塵。一道陰影落在場內，雲遮住太陽，但只有那麼一剎那。

忽然間，場內一片通亮，外來的光線灑落在這一幕

上。一個彷彿奇蹟似的機會降臨，一道無人看見的目光望
向未來，一個出口，一個偏離預定軌道且截然不同的全新
岔路，對臨在眼前的死亡毫無興趣。不過，求生的需求與
衝動，仍讓兩頭猛獸宛如註定似的驅向彼此。一種不是針
對結束而是開始的暴力。牠們的儀式遵循著強而有力的古
老規則——在血脈斷絕之前，保護種族、維繫世代。到了
發情期，沒得選擇；這個本能不靈光了，另一個就會取而
代之。活下來的，會想要進食；進食的，想要繁殖；繁殖的，
就不會沒落。信號激起反抗，訊息卻一清二楚，尿液裡的
麝香是種邀請，邀請加入後果嚴重的遊戲：威脅姿態緊接
而來是半生熟的羞怯，親近之後是逃開，反抗之後是暫時
的順從。

　　牠們親密磨蹭，頭部相偎。牠們互鬥互劈，停住，揚
起獸掌，眼神交會，抗拒著不可避免之事，躲開心愛的仇
人，欲火狂燃，欣喜陶醉，終而勾魂攝魄，再也迴繞不開。

　　最後，紅黑色大貓身子一低，平躺在地，獅子抬腳跨
卜，淡黃色的身體落下，撲在大貓身上。即使兩方再熟悉，
陌生感依然存在，但過程是眾所周知的：獅子吼著往大貓
脖子一咬，大貓怒喝反擊，兩者製造出非自然的親密下才
有的產物。世上沒有力量能夠阻止正在發生的事。誰有資
格定奪什麼是違反自然，什麼又是自然法則？大貓動物除
了促進繁殖，還能做什麼？牠們既是自己物種的叛變者，
也是保衛者。後代不會在乎牠們曾經被迫同房。

　　初始爲夢，百日之後，彷彿幻象再現，出現一個像希臘神話混種怪物喀邁拉的生物，糅雜父母雙倍卻也減半的特質：尾黑無纓、腹部蒼白、短毛，赭黃色的毛皮明亮如沙，斑點與條紋交雜閃爍，體型如父，側影如母，擁有兩者不對稱的輪廓，獅父的平背、虎母的拱脊。體型怪異巨大，性格分裂，如虎般易被刺激，也如獅般淡然強韌。註定孤獨一生的群居動物，畏水的泳者，炙手可熱的吸睛之物──那就是雜種、獅虎、彪。

　　難道牠們不是到處可見嗎？著色的銅版畫上，可見三頭來自英國巡迴動物園裡的幼崽，牠們被帶離虎母身邊，由狄犬哺育，但三頭幼獸都撐不過第一年便死去。在質樸的彩色圖畫上，馴獸師置身在大貓混血家庭之中，彷彿牠們的孩子。電影上，土黃色的獅虎依偎在銀色泳衣的女子旁邊，這頭龐然巨獸是世界上最大型的貓科動物，一頭欲望淡薄、生育力受到封印的雄性。

　　一聲刺耳尖叫響徹上層的觀眾席，眾人嚇得一個哆嗦，飛快轉過頭，又紛紛轉回來看著場內。那個夢驀然結束，後代沒有誕生。事件加快速度進行，彷彿要驅趕掉念頭似的。寬廣的地球及其眾多的世界，這時全縮小到競技場的半圓形內，一個索然貧瘠之處，光禿禿的場子只有沙、人和石頭，蒼蠅嗡嗡飛不停，有些人焦躁地在冷冽的空氣中用手搧風。

　　母老虎吃力地站起，又開始繞著對手走動。飽受折磨

的獅子發動攻勢，但是失了準頭。紅色大貓往後一退，準備起躍，倏地猛然蹦起，像顆子彈極速射穿空氣，撲到獅背上。兩條壯碩的軀體在競技場內翻滾，身上沾著血，也被沙子染成棕色。獅子嘶啞力吼，甩開母老虎，氣喘呼呼，步履蹣跚，最後跪了下來。牠的背部裂開兩道口子，深深的咬痕汨汨冒血。不過母老虎已再度攻擊牠的肩膀，虎牙朝喉嚨進攻，但鬃毛保住獅子一命，沒有亡於這致死的窒息。母老虎鬆口，也用力喘著粗氣，嘴邊沾滿獅毛。獅子邁開大步，發動攻勢，母老虎踉蹌搖晃，穩住身了之後，再度冒進。兩頭動物又一次纏鬥。母老虎撲向公獅，大口咬進牠的肉。獅子翻騰反抗，甩脫老虎，裂開大口，跌入沙地，發出死亡的聲響；最後躺地不起，動也不動。

　　母老虎看著牠的成果，也癱軟在地，顫抖地舔著傷口，獸皮上的條紋淹沒在鮮血裡。

　　克勞狄一世揚起響亮放蕩的笑聲，嘴角黏著泡沫。他起身往前走一步，準備開口讚揚今日獻奉的亡母。

　　然而，文句在他嘴裡破碎，一開口就結巴。他言不語跌回寶座，耳朵裡響起母親曾經給他的可怕名字：畸形。這邪惡的詞在他腦中不斷迴盪，是糾纏他不放的詛咒。誰能為此責怪她？什麼讓他取得王權？只因為他還活著，是王室唯一的存活者，宗族的最後一人。沒人把他當一回事，他這個畸形。

　　他之所以能掌權登基純屬意外，王權從來不是為他而

設：他既非造福大眾之人，也非生與死的統治者。他看著元老們的大理石椅、騎士寬袍的紫色邊紋、一道道疑惑的目光。只要不害怕，就很容易控制自己。汗珠從他兩邊的太陽穴滾落。

　　鐘聲響起，一道門打開。觀眾瘋了似叫嚷。一人踏入競技場內，是名鬥獸士，身上只有束腰短袍，沒有甲冑、沒有盾牌，雙腿纏布，左手一副彎具，右手一支矛，再三舉高，指揮著群眾。母老虎看著半裸的人，緩緩潛近，接著猛然躍起，下一秒長矛卻已刺穿牠胸膛。母老虎扭身掙扎，跌跌撞撞，想要掙脫長矛。牠垂著頭，眼睛搜索四周，露出難以置信的目光，望向鬥獸士，望向瘋狂鼓譟的觀眾；然後癱倒在地，兩眼一瞪，目光呆滯。鮮血從鼻孔流出，張開的嘴冒出紅色泡沫。鬥獸士繞場一周，接受喝采、口號、飄揚的旗幟與大膽的行為。任務已經完成，秩序再生，混亂暫時敉平。

　　看台逐漸亮起，寧靜回返。有人進來將屍體拖出競技場，拖入地下墓穴，與其他數百頭疊成堆的動物丟在一起。空氣中飄著腐爛的氣味。下午的重頭戲才要開始，是鬥獸士之間的決鬥。

本寧阿爾卑斯山
格里克的獨角獸

＊以真空實驗聞名的物理學家奧圖・馮・格里克，也以單次出土的骨頭首次復原一具動物骨骼。一六七二年，格里克在他的《新馬德堡實驗》中，提到一六六三年於奎德林堡附近塞維肯山的石膏岩裂縫中發現「獨角獸肋骨」，但事實上發現骨頭的人不是他，更遑論重建骨骼。此外，根據一七〇四和四九年製作的兩幅銅版畫，那些骨頭屬於冰河時期多種哺乳動物，如猛瑪象和長毛犀牛。

† 相關骨頭本來保存在奎德林堡修女院，後來一塊塊交到有興趣的人手中。高度超過三公尺的塑膠獨角獸骨骼複製品，如今陳列在馬德堡自然博物館，是當地儲蓄銀行永久借給博物館陳列的物件。

　　幾年前，我在山裡住了一陣子。由於長期緊張造成的疲累，我決定到阿爾卑斯山一處偏僻村莊的牧人小屋隱居幾星期，小屋是朋友借住的。我當時有個自以為獨特的想法，打算撰寫怪物指南。正如我在書籍提案中毫不在意主張的，怪物雖然主要是人類想像力的產物，不乏駁斥其存在的言論，但仍舊自然而然聚居於世，宛如實際動物相的代表。因此，我在募資時對潛在出資人表示，牠們的本質、

形體，甚至祖傳的生活空間與特殊習性，都是研究對象，並可分門別類成一系統。我慷慨多情地補充，我們無需殺掉龍，而是應該加以剖析。然後，在沒有進一步思索讀者群、書籍規格或版型的情況下，我簽下合約，搭乘最近一班夜車南下。

我約莫在中午時分抵達一座中世紀小鎮。四月中旬，空氣依舊冷冽清新，陽光孱弱無力，接續的公車路程彷彿不見終點，上一個公車站到小村莊間的路陡峭崎嶇，正是我想像的隱居地應有的路況。當我沿著山間羊腸小徑穿越難行的荒涼岩漠，想到自己從小就膽小，害怕看恐怖片，也不敢獨處，現在卻選擇孤單，偏偏還要鑽研人類想像力製造出來的可怕怪物，不由得覺得好笑。上坡路好似走不完，費勁耗力，不過多半是我行李中一大堆書害的。

暮色緩緩降臨，一道岩坡後面才浮現散落在斜坡上的黑白房舍。四下一片靜謐，只有電線在我頭頂上嘶嘶響著。我在說好的藏匿處找到了鑰匙，走進樓上簡單但寬敞的房間，地板鑲著落葉松寬木。從小隔間取來木柴，堆在暖爐旁邊，生起火，給自己沏杯茶，把床鋪好。沒多久，夜幕籠罩山坡與我的新家。若我沒記錯，第一晚我一覺無夢，睡得深沉香甜。

隔天一早醒來，頂窗框起的天猶如灰呼呼的稀飯，我花了點時間才想起自己身落何處。戶外谷壁凹壑多皺，林木蒼鬱，頂峰覆有雪冠，但我在餐桌攤開的地圖裡對照不

到谷壁所在。我一邊凝視陰暗短線標示出的一道深入寬廣谷地的水渠，心裡一邊想，大概因為我從小在海邊長大，海不諳高山與窪地，狂風暴雨中還陡然多變，無一定形。

　　我穿上連帽大衣，套好登山靴，步出戶外，直接走入森林。幾隻藍山雀飛啼，一隻環頸鶇嘎嘎叫著，凹地裡的殘雪晶瑩，有些樹幹上覆著鏤空雕花的螢光綠網，那又一次支持了我的觀察：大自然中也會出現看起來完全像是人造的生物。小細網很容易從樹皮上剝下來，放在口袋裡摸起來像乾掉的苔蘚。半小時後，我走到一處山溝，它裂在斜坡上，恍如龜裂的傷口。一道幾乎不到一掌寬的超窄木橋，就橫跨在陰蔭潮溼的深溝上方。

　　我原地回返，走到村莊時，太陽才剛爬上東邊山脊。空氣依然清新，我看見自己呼出的氣息和我小屋煙囪升起的煙，它們是附近唯一的人類生氣。二十幾間房子悄無聲息，深色大石建蓋的住宅搭在石頭基座上，屋脊向著山谷，窗戶緊閉，商店沒營業，連住宅區邊的小教堂也鎖著大門，門前有個漂流木鑿成的牲口水槽，水凍如冰。

　　第一週沒有值得說嘴的事情：我每天八點起床，早餐前先走一段不算短的路，到山溝後再折返。回來後，把兩、三塊木柴丟到火裡，泡咖啡，給自己煮顆蛋，在圓餐桌旁坐下讀書，自然得彷彿我的生活日日如此。我獨處愜意，在前幾天就備好大量存貨，省得花時間跑到遠在山谷村子裡的超市。木柴十分充裕，書也一樣，還有一個資料夾，

裡頭塞滿精神分析、醫學史與神祕生物及幻想等研究文獻影本。我腦子裡冒出一個念頭，在我悠悠白日夢中期待成真的災難裡，至少燃料不會這麼快耗盡。

我埋首研究，很快就寫滿一整本筆記，扼要記錄怪物和神話生物五花八門的特徵，以及這些造物在恐怖云云宇宙中所屬的傳說要素和作用。說實話，我有點失望。重複性高得明顯，每個新故事很快就現出原形，不外乎是老掉牙故事背景的雜交，每個角色只是想像與經驗拙劣合成的混種。簡而言之，怪物沒有那麼豐富多樣，現實的大自然還比虛構要古怪幾分。怪物現象不過是敘述模式與動機頑強的重複：每五百年從火焰中飛起，從自己灰燼中重生的鳳凰、妄自尊大的斯芬克斯和他的謎語，以及梅杜莎、卡托布雷帕斯[1]與巴西利斯克[2]的致命目光。還有最後戰敗的龍各式各樣的變種，膜狀翅膀、污染了空氣的氣息、對黃金的飢渴，以及不能免俗要浸泡在自己血中。即使是其他文化圈的神話生物，也沒有帶來期待的變化，基本上換湯不換藥：一定要保護或獻祭女子的貞節、證明男子的英勇、打敗野獸、戰勝異族、克服過去。文獻裡特別令我反感的，是那種喃喃私語般的意義、前所未聞的傲慢姿態、面對即將發生的災難或遠古前已發生的不幸時的酸臭指點。更讓人疲累的是研究者的推斷，他們眼裡的怪物不過是被扭曲的現實。對他們來說，沒有什麼是神祕難解的，犬頭人只是四處掠奪的狒狒，鳳凰是熾紅晨陽中身影模糊

的紅鶴，歷史傳單上的海僧侶純粹是迷路的僧海豹，而獨角獸是錯譯的犀牛或劍羚側影。但是，龍和恐龍為什麼相似得容易搞混，這種明顯問題偏偏找不到令人信服的答案，我很失望。

不過，我仍堅守原訂計畫，嘗試初步將怪物分類，很快就得出結論。我臨時的分類整理，並不比一位十八世紀初期的蘇黎世自然專家繪製的瑞士龍分類要有用或者滑稽。我雖然學到獅鷲源自傳說中的希柏波瑞亞[3]或印度，大鵬鳥源自阿拉伯，中國龍有五根腳趾、韓國龍有四根、日本龍有三根，蛇妖巴西利斯克棲於潮溼的井裡，一種南美食肉植物雅特夫的多刺捲鬚會引發致命潰瘍，但還是絞盡腦汁思索，猩紅色蒙古死亡蠕蟲應當歸類在定義模糊的神祕生物那　組，還是乾脆歸在蛇類，最後卻沒感到有值得一提的知識增長，甚或絲毫的滿足。

所以，當我某天決定自己創作更優秀的怪物，甚至涵蓋宇宙論的完整世界，一座完美無瑕的奧林帕斯山時，也沒什麼好意外。每當我寫作觸礁，往往會拿起畫筆。某天下午，我用帶來的少量水彩畫出第一個生物，即使有綠得刺眼的鱗片皮膚、腳爪間有皮蹼、溼漉的通紅眼睛，卻滑稽得可笑，而非令人恐懼。我很少感覺自己這麼無能、這麼愚鈍空白。不容否認，比起人類的幻想力，演化擁有更無可比擬的豐富想像。大王烏賊要尋覓雌性配偶難如登天，以至於只要在幽暗深海途中遇到同種生物，不辨對方

性別，就立刻將精子注入對方皮膚；相較之下，水手故事中的海中巨妖算得上什麼？希臘神話中鳥身女妖哈比的蜷曲爪子，怎比得上同名猛禽哈比鷹那張駭人的臉龐？遭海格力斯斬首而痛苦死去的九頭蛇，如何對比水螅潛在的永生不死？神話和童話中那頭神經兮兮、守護寶藏的龍，怎堪比在加拉巴哥群島岩石上打盹的高傲巨型蜥蜴？

我不時中斷閱讀，凝望著炭火，搓揉那片閃耀硫磺色的苔蘚，用不同字體在紙張影本背面畫著我的名字，紙張上印著我一到這裡就挑出來不要的怪物文章。有時候，我會讀點床頭櫃抽屜裡找到的上瓦萊傳說集，讓那些邪惡奴僕與女殺童犯四處作祟的靈魂轉移我對龐然怪物的注意；要不就是剪剪指甲、梳梳頭，直到又黑又粗的頭髮像書籤般掉在裝訂摺口；或者盯著手機螢幕，無視根本收訊不良；也會望著窗外的谷壁，彷彿我在等待某人或什麼似的。

第十二或第十三夜裡，我夢見浴缸裡爬滿蛇，蛇身又短又結實，反而比較像斷肢的蜥蜴。最古怪的是，牠們頭如少女，臉龐爽朗青春，黃色的頭髮編成長長的辮子。我向牠們攀話，但牠們始終默不作聲，反而飛到空中，穿越房間，只有那眼神清楚顯示牠們有著與我同樣的感受。醒來後，我不禁想起日本那個有著象頭、犀牛尾與虎掌的貘。這種怪物主要以人類噩夢為食，不知牠覺得我的夢如何？

這天，我決定暫停研究，到人群中走走。天色陰沉，灰雲一列列鬆散懸在樹林上方。世界灰慘蒼白，一切反而

顯得清晰得不切真實：柏油路面、瀝青上的裂縫、馬路邊緣的紅色號誌線，說是一尾蛇或損壞的問號也行。我知道：雙頭蛇要遇到人，才會變成一種預兆，否則只是蛇罷了。路愈陡，我的步伐就愈短也愈快，以平衡坡度落差。遠方山坡上掛著幾隻羊。動物顯然比人類容易忍受傾斜，在峭壁上生活根本沒問題，那對牠們來說，是正常得就像平地之於我一樣的暫時狀態。山坡上處處可見巨岩，彷彿有人故作偶然丟在風景中，在背陰處覆滿青苔。很難想像一切竟是渾然天成，而非周詳考慮後的設計，未經外力幫助與加工。雖然仍舊變化莫測，大自然比神還值得信任。不過，想到神把不曾存在於世的動物化石藏在地殼裡愚弄我們，我不禁有所感動。為了這種拙樸的玩笑，真是大費周章！有那麼一刻，我真希望那是真的。

　　我慢慢冒汗了，但天氣還沒溫暖到在外頭走路可以只穿毛衣。最難的是找到下坡的節奏，在快速擺動中找到重心。小丘後面，山嵐逐漸散去。我腳下的緩坡有如貧瘠的草原，坡底驀地展開一片曾是湖底的淺綠色谷地，近得不可思議。也許在地底迷宮洞穴中，數千年的古老脊椎動物生怕、甚或渴望被發現，就算這不符現實，這可能性仍是巨大的溫床。或許，龍不過是遠古經驗褪色的影像、已逝光陰的殘跡？為什麼回憶不也像生物一樣，急於確保自己的存在，繁殖延續？畢竟，沒有什麼比曾經見過的畫面還要懾人。我想起淺膚色女子的神話故事，她們懷孕時曾看

見黑人殉道者莫里斯或施洗者約翰，後來便生下黑色皮膚或毛髮濃密的小孩。倘若如此，世界會擠滿什麼樣的生物啊？記憶的足跡能回溯到多久以前？從某一個點開始，一切就宛如消失在霧中。猶如那尾塵世巨蟒，咬著自己尾巴的銜尾蛇。

　　岔路口一如既往，豎立著黃色路標。路標的姿態、瑣碎說明、堅定不搖，讓我印象深刻。有些東西就是明確清楚，毫不含糊。我腦中只有成語與格言。那話是怎麼說的？路是人走出來的。直接上吧。有多少次，我聽了這話就緊張不安？我們或許能想很多，但思考對感受無濟於事。身體是要用蠻力才打得開的拳頭。掌握而非懷孕。那一種「你必須堅信不疑的信仰」。聖誕樹底下畫了圖的紙。去除世界的魅力，歸根究柢才是最大的童話。孩子的神奇思維比統計與經驗值還要強大。數數兒童謠的內容忽然成真，石板路面的裂縫說不出的恐怖，只要一踏上，就會救不回來。面對神話，人類只有吃敗仗的份兒。當然，不排除還有奇蹟，但無法真正指望。原因和效果很容易混淆。什麼是願望，什麼是意志，什麼又只是身體功能？放手還是緊抓不放？成為容器。放棄計算，承認還有更偉大的事物，例如慈悲，例如謙卑。唯一的屈辱。

　　地形終於平坦下來，小路沿著梯田和牧場延伸而去。牧場上只有一頭牛，頭上有角，鼻孔潮溼粉紅，毛亂蓬蓬的，看不見眼睛，只有團團糾結的紅棕色毛。電流聲嘶嘶

作響。有幾株櫻桃樹，粗糙的樹皮閃爍得像銅綠。穀倉後面忽地露出村莊灰藍晶瑩的屋頂，令人驚喜。村子坐落在半山腰，空氣稀薄，綠草如茵。小路銜接著一條街道，柏油晶亮得宛如剛下過雨。這地方空無一人，一隻貓兒也看不見。屋舍櫛比鱗次，近得好似可在屋頂間跳來跳去，房舍、穀倉、畜欄和車庫交替出現。房與房之間是昏暗的窄巷與石階，寬幾乎不到半個手臂，暗得彷彿能筆直通往山的內部，通往時間的最深處。

某處傳來嘎啦嘎啦，然後沉悶一擊，一陣吵嚷，緊跟著斷斷續續的呻吟，似乎是從一間小屋底層傳來的。小屋的木門十分老舊，褪成銀灰色，在我膝蓋高度有道縫，剛好可以偷看。我往內覷一眼。屋裡暗沉沉的，花了點時間才適應。稻草堆上有個奇形怪狀的東西，表面滑滑黏黏，覆著一層白膜，渾身是血。不管那是什麼，都還活著。脈搏紊亂，喘著最後幾口氣，結束的開始。腫瘤增生，手術後才能判斷是良性還是惡性。醫生的話十分清楚：生理上無可指摘。**生理上**。身體永遠是對的。我眼前的肉團抽動了一下，彷彿手術中外露的器官。我想起博物館陳列櫃中難以辨識的蒼白器官，分門別類保存在甲醛中，有如大雜燴，在其中很難區別什麼是稀奇怪物，什麼又是標準範本。重點在於直觀印象，音樂與照明必須協調，剩下的就交給想像力。眼睛本身是愚鈍的。我眼前那一團又抽搐了一下，不論是自己動還是被移動。出現了一個血囊包，搖搖

晃晃滑到地面，然後開始動來動去，好像被綁住似的。一場戰鬥，一頭投降的動物。忽然間，一張黑嘴往下張，露出又小又尖的黃牙，舌頭往外伸，有節奏地舔掉黏膜後吃掉。一隻蹄踢著那團東西，直到牠又動起來，漸漸成形，先是軀幹，四肢接著張開來，瘦長而笨拙的黑白色腳彎曲地伸在空中，然後是短尾巴、頭顱，後腦勺是扁的，臉是全黑的。一隻眼睛。現在我才察覺到惡臭，混合髒羊毛、羊糞、一大攤血的味道。我覺得很不舒服。我縮回頭，膝蓋一陣麻痛，走了幾步才消褪。空蕩蕩的主街往下是石灰刷白的教堂，高聳的尖塔恍如方形銷釘。教堂前的小廣場有公車站、郵筒、紅色消防栓，一切祥和無害，彷彿報紙上新鮮的犯罪現場，不好的一面，叫作「各式各樣」、「全貌」、「來自世界各地」。罪行，在世界上一下子加倍，行為上和思想上的。一人的願望，是他人的恐懼。每條界線都是為了被跨越而存在。

我走進店鋪，清亮的鈴聲驟然響起。塞得滿到天花板的貨架，商品五顏六色，整齊分類擺放。這店像個迷宮，幾條狹隘過道只通向收銀台，然後是出口。我不餓也不渴，更沒興趣逛。我無所求，不管是否心滿意足，籃子反正是空的。鈴聲又響起，有個男人衝進來，穿著一套老舊制服，鈕扣閃閃發亮。他看我的眼神彷彿等著我開口和他說話。我走過收銀台，有個女人忽然憑空出現，是店員。她目光空洞，好似在這裡過了一輩子，疲累厭煩，卻同時充滿期

待。我第一次在這裡看見她。我本能抓了一份報紙，翻找零錢，店員對那個男人喊了幾句。我一個字也聽不懂。我想再怎麼努力，一樣什麼也理解不了。她坐下來，雙手放在腿上。然後，我看見她右手腕內側的刺青——白色馬頭，額頭上有個淺藍彎角，周圍繞著粉紅色的雲。我的零錢在小盤子裡叮噹響。店員問了個問題，我急忙搖頭，這裡的人和我說話，但我聽不懂時的不好意思又出現了。幾只金色手環滑過刺青，又滑了回去。手和刺青游移到店員的臉旁，手指插入染成金黃的頭髮，將幾綹髮梳理好。有那麼一會兒，她靠得好近，盯著我看。大得像卡通的藍眸，閃耀著一點晶亮；眼神親切、善良卻又糾纏不休。接著，那隻動物不見了，在拉開的抽屜裡找著零錢。

　　即使如此，那是個徵兆，是清楚不過的警告，無法視而不見、聽而不聞。我假裝耳背，門推了就出去，令人精神崩潰的刺耳鈴聲再次響起。我又回到小廣場前，沿著主街疾步快走，幾乎健步如飛，但不倉促，往上走、回去或離開都行。心臟忭忭跳得響亮，彷彿在捕獵，甚或逃亡；它很容易膽怯，一直跳到喉嚨裡。繼續走下去，隨著重心擺晃，感覺很好。一步接著一步，離開那隻角。龍可被殺死、埋葬，變成化石的骨頭處理成骨架，用鐵箍架撐著，陳列在博物館裡。反觀獨角獸，這個愚蠢可笑、容易看破手腳的傢伙，卻是永生不死、無法根除、無所不在，不管是在一個店員的手臂上，還是巴塞爾逝者巷上的珍奇屋。

它立在那裡，光滑閃亮，大得令人暈眩。它是自己的標本，根本是最大的怪物。上面寫著「請勿碰觸」，好像我要摸的是象牙似的，那個大自然雕琢而成的磷酸鈣。解百毒的萬靈丹，但我沒有生病、身強體健，也沒絕望到會輕信一個角。畢竟我已不是處女。在牠眼裡或許我是吧。牠會在森林裡對我做什麼？頭在我的胸前揉蹭，角靠在我的腿上？反正結果都一樣。處女的歡娛？有角的地方就有洞。處女膜也是需要被刺穿的敵人，一定要被摘下來的蘋果。要是這麼簡單就好了。

街道轉了個彎，後方的高地上，一座小村莊映入眼簾，深棕色房舍緊挨著教堂，牧地環繞四周。村莊高高立在陡峭的岩坡上，離我差不多有一百公尺，中間卻隔著一道山谷。離谷底不遠處，有兩匹馬在柵欄牧場裡低頭吃草。牠們相對而立，但非頭對著頭，而是馬尾相對，宛如鏡像，好似套上隱形輓具，等待著命令。我認得這景象。但是在哪裡看過呢？兩匹馬，屁股對屁股。在學校看過，歷史課本裡的圖片，是黃褐色調的版畫。版畫裡，背對而站的馬匹，在鞭子鞭策下，脖子伸得老直，極力掙扎，馬銜沾滿口沫。輓具底下，汗跡斑斑。兩組各六匹，甚至是八匹馬，馬頭相背。馬匹中間有顆球，抽掉了空氣：真空，一種不可思議的空無，一個死的空間。圖片背景是山巒起伏的風景，上方天空有兩組半球，神的盲眼珠。沒有什麼比空無還要駭人。怪物的存在就是為了填滿空無，掩蓋恐懼的盲

點，使其加倍看不見。肚子怪異翻騰，無力又沉重。放眼望去，沒有石頭，無處可坐。我停下腳步，蹲下來。內臟像攢緊的拳頭。真空就是這種感覺嗎？真空有多重？可能性是巨大的溫床。不可能性亦然。一輛白色貨車呼嘯而過。我橫越街道，在對街灌木叢中發現一道幽暗開口，一條小路，林間通道，逐漸深入森林，路邊的矮樹叢彷彿是道牆。闊葉樹光禿禿的，但杉樹落下的樹蔭隨即出現。地面鬆軟，覆滿銅色針葉。某處傳來低沉的敲擊聲，除此之外，靜謐無聲。我放緩腳步，走起路來幾乎無聲。小路蜿蜒，一下沿著峽谷往下，一下子貼著山崖，直到消失在蒼鬱的小丘。這一帶豁然開闊，西邊的寬廣盆地一覽無遺，山腹像布景似的擠進平地。河流在霧嵐中粼粼輝耀，山谷由此河而得名。現在，我也看見不遠處林子裡有塊禿地，樹木橫七倒八躺在地上，好似散落的火柴。高空上，黃嘴山鴉盤旋飛舞，落下又翻高，然後飛過林木線。牠們後方的山坡上有座傾頹半塌的穀倉，遙不可及，猶如畫一般，四周框著雪的白，遙遠得宛如夏日。難以想像真有條路通往那兒。在我需要的時候，路標在哪兒？一道斜坡上，兩塊巨石之間有些石頭砌成階，幾乎像道階梯，指出了方向，象徵著路。我的膝蓋、腰和下背疼痛。身體的運作根本不像教科書所寫。我做了什麼，所以身體不想再聽話了？它隨心所欲，而非我所欲。坡度愈來愈陡，簡直像羚羊走的獸徑。四肢爬行本來就比較方便，至少能往前進。我摸索著往上，爬

過頁岩和碎石，植物愈來愈多，稀疏的草地幾乎像是牧場了。然後，一棟房子出現，接著又一棟，在山坡上零零落落。是住宅區，一個小村莊；白色小教堂隨即映入眼簾，牲口水槽也跟著出現。是我住的村莊！我幾個鐘頭前離開的住宅區。彷彿我一直知道謎題的答案：迂迴繞路都是白費的。我甚至沒辦法真正迷路。是鬆了口氣，還是有點失望？或許兩者皆然吧。煙囪飄出裊裊炊煙，小型停車場停著一輛紅車。我不再是孤單一人了。

房子裡很冷，爐子的火熄了，木柴就是點不燃。在一堆影印紙的幫助下，火焰終於捕捉到絲絲火苗。即使吃完了晚餐，疼痛還是沒能消失，內臟彷彿有東西在鑽，雙腳沉重如鉛。夜裡上廁所，發現內褲沾了深棕色的血。那徵兆就像下腹悶痛與胸部抽脹一樣的明確。報紙攤開在地磚上，頭版有張燒毀的森林照片，煙霧瀰漫，只見燒焦的樹木和羸弱的綠色赤松。等我終於睡著，天色已經泛白。沒幾個小時，我又醒了。整個世界灰濛濛一片。我起初以為是霧，後來才發現是從更高處降下的雲。我添了柴，又回到床上，翻閱阿爾卑斯山的自然指南，沒多久，我眼皮沉重，又打起了盹。再醒來時，雲霧更濃了。四下鴉雀無聲，我恍然以為世界死了。但我並不害怕，反而感到欣慰。我收拾桌上的書，洗好洗碗槽裡的髒衣服，晾在爐子上方，給自己煮幾個已經萎皺的馬鈴薯。晚上，我開了瓶在洗碗槽下方發現的紅酒，決定給自己畫張肖像，但是唯一的鏡

子在沒有暖氣的浴室裡，沒辦法拔下來。

　　幾天後，我散步回來，迎面遇見一個人。他身材矮小，皮膚光滑如皮革，看見我顯然非常開心，立刻聊了起來，口沫橫飛。就這種方言而言，他講話速度快得不尋常。他好像講了什麼重要的事情，但是我告訴他，我什麼也聽不懂。他又把一長串話重複了一遍，速度依然不減，我只能再度搖搖頭。他的眼珠是深棕色的，深陷在眼窩裡，受到濃眉的保護。他盯著我看，目光再往下移到我的靴子，下一刻就走了，也沒有比個什麼遺憾或抱歉的手勢。

　　夜裡，下起大雷雨，閃電連連。狂風扯著百葉窗。我睡不著，於是研究起自然指南裡的照片，才發現裝飾餐桌的螢光綠網，正是對食肉脊椎動物的神經系統具有高度毒性的狼地衣。我拿起那團乾掉的綠物，攜了把鏟子，冒雨埋在屋後，然後用清潔劑把手掌、手腕和臉久久洗了一遍。後來，我終於陷入深沉卻疲累的睡夢中。

　　隔天一早醒來，傳來布穀鳥的叫聲，我循著聲音走到戶外，一陣溫暖的下降風迎面拂來。連綿起伏的山脈在淺藍色天空映襯下，輪廓宛如剪影，一時間分不清楚是天空擠到了山前，還是山擠到了雲前。草地上露珠瑩瑩，林中空地融成斑斑點點。遠遠就聽到潺潺水聲，山谷裡現在有了水，汩汩往深處落下。雪開始融了。我走回屋裡，打包行李，把灰塵吸乾淨，把鑰匙藏到小隔間的木柴後方，然後動身下山。

地獄谷
薩切堤別墅
又名薩切堤侯爵的皮涅托別墅

*由朱立奧和馬塞羅·薩切堤兄弟委託，於一六二八年至一六四八年建造的薩切堤別墅，是建築師皮埃特羅·達·科爾托納早期最重要的作品。

†在十七世紀後期，這棟貴族宅第已現敗象，十八世紀中期，兩側廂房坍塌，最後殘餘的廢墟在一八六一年完全拆除。

　　就像統治者具有「自然身體」與「政治身體」，城市也有兩個身體。會死之身躺著，彷彿受到褻瀆的屍體，或大理石被火爐燒成灰燼的採石場。未藏有化石的灰白岩脈，是自身遠古時代的印記，是記憶的魔術寫字板。反觀不死之身，誕生自他人想像力的地表層，他們做夢般在廢墟前駐足，目瞪口呆，心懷敬畏：一大群上流權貴之子，由畫家、銅版畫家與文學家領軍，闖進城巿，入住西班牙廣場周圍旅店。年復一年，北方緯度來的藝術家從灰僕僕的驛馬車下來，皮革包裡有顯赫家族的推薦信、贊助者的捐助或學院的獎學金——不過地址一定是許多年前來此過多、從而定居下來的同胞家。

　　他們崇拜廢墟就像崇敬聖人遺骨，期盼其日後復活，沉醉在貪得無厭、消逝的華美壯麗中。但總是缺少點什麼。

眼睛觀看，大腦補充：斷瓦殘片變成建築，死者工業比生前更加生動、更精采、更完美。當年，羅馬元老院決議，保留圖拉眞皇帝建來榮耀自己、炫耀戰功且屹立超過千年的多立克柱，**只要世界存在**，就能完好如初流傳於世，意圖損壞者，將受到最嚴厲的懲罰。從此以後，在此神聖城市、歷史首都，便有了古蹟保存，整個民族皆爲繼承者。羅馬未亡，往昔未流逝，只是未來已經開啓。此地流轉在各個時代，擺盪於各種建築風格，在世界劇場的半圓裡競技爭奇，尋求蜂擁而至的觀眾青睞：羅馬大會堂與陷入沙地的凱旋門、中古世紀山牆和巴洛克教堂立面、燻黑金字塔與淺色文藝復興別墅——由無生命和有生命物質形成的龐然大物，錯綜複雜，由偶然、困境與太陽法則所掌控。

　　沒有柵欄隔開廢墟與居民悲慘的日常生活，他們並未讚嘆這些廢墟，而是過著隨處可見的如常生活：乞丐衣不蔽體，遊蕩在柱廊之間，魚販在門廊陰涼處兜售腐臭的貨物，婦女在古老溫泉浴場清洗亞麻布，牧羊人將羊群趕進氣味腐朽的神廟，曾經的祭品就在異教祭壇前吃著草，臨時工從羅馬競技場地下墓穴挖掘多孔透氣的黃白色石灰華塊，那兒曾經存放野獸和堅強不屈的基督徒的骨骸。仍然堪用的石灰華塊，便拿去修補利用或者用船運走。古物建材再利用的生意十分繁榮。廢墟是純粹的資本；不是需要待挖掘的寶藏，而是需要開採的半貴重礦物，就像阿爾巴諾丘的銅礦。

　　關心羅馬遺物的人寥寥可數，但一定沒人像從威尼斯遷來的銅版畫家喬凡尼・巴提斯塔・皮拉奈奇這麼激烈好辯，會和每個關注他、讚賞他的人翻臉。比起人，這個男人寧可與石為伴。他三十三歲娶妻，花光她為數不少的嫁妝，購買大量的銅版；其妻竟能夠忍受他，還為他生下五個孩子，簡直堪稱奇蹟。這位眼神陰鬱的高大男子雖好與人爭、乖戾暴躁，卻也一樣懂得犧牲奉獻。那些在他身邊待十五分鐘就感覺要生病的人，不瞭解這位眉頭緊鎖的性格暴烈者究竟承受什麼痛苦；廢墟發狂似地對他絮絮訴說，奪走他的寧靜與睡眠，一再召喚出畫面，他認為那些景象必須留住，懲罰聲稱古希臘藝術優於古羅馬藝術的後世子孫與無知者。他彷彿陷入熱戀，狂熱譴責思想空洞的當代，他在不斷更新的小冊子中寫道，當代的可鄙愚蠢，讓瞭解往昔時光崇高不凡的人絕望。皮拉奈奇知道往日的偉大，也親身體驗過。他叔父是位工程師，負責修建堤防，抵禦亞得里亞海的糾纏不休；自他兒時在叔父家中的小房間，就著潟湖的瀲瀲波光，閱讀羅馬史學家歷史書中的相關描述後，古典藝術便盤據在他的夢中。

　　當代就像珊瑚一樣，不斷在下沉事物上繁殖，將事物那不古老卻架式十足的身軀往下吸入地心，沉入拱頂地窖和地下墓穴，往外到城門前、幹道旁被湮埋的墓地；那兒是古羅馬人放逐死者之處，因為世間沒有什麼比冥神普魯托的陰曹地府更令人畏懼。他們在那兒建造大型墓地，但

只埋葬了逝者的骨灰，因爲他們從無數場戰爭學到，唯有燒掉屍體，死者才不會受敵人污辱。

　　皮拉奈奇拿斧頭和火劈開灌木林和暮色，點火驅逐蛇和蠍子，裏著黑色披風，在月色下宛如未來小說中的人物。他使用鋤頭和鐵鍬挖地，洞深可容人，掘出石棺和基座，測量古代防禦要塞及風化舊橋的斜撐和支柱，檢查磚牆和柱式，研究立面和地基，解碼墓室裡的墓誌銘，複製柱體溝槽和門楣，素描曾被掩埋的獸籠與競技場平面圖和剖面圖，以及軍營和神廟的橫剖面和縱剖面。他振筆疾畫，停不下來，繪製建造龐然大物需要的槓桿與梁木、掛鉤與鍊子、擺錘與托架。沒有石頭會對他沉默不語，沒有磚牆脆弱易碎，沒有斷柱損害過度，他總是能認出讓城市力量滿盈的肢體與肌肉，供應營養的血液循環系統與器官，亦即橋梁與長途公路、輸水道和蓄水池，尤其是迷宮般縱橫交錯的「馬克西姆下水道」，即使下水道只調控了最低需求，或者也正因如此，他將之推崇爲建築藝術的顚峰；根據他的看法，其偉大超越世界七大奇蹟。如同早一百年的安德里亞斯·維薩里在解剖台上解剖受刑犯仍溫熱的屍體，皮拉奈奇拆解半傾的建築物，拆解在他眼裡無辜崩毀的往昔帝國的殘骸。

　　建築師皮拉奈奇終其一生從未蓋過房子。他從叨叨絮絮的廢墟中，設計出夢寐以求的往日的平面圖，同時勾畫出全新作品的願景。在他的銅版畫中，吸引到的人比固定

在地面上的建築還多。工作坊裡，他目光毫不費力穿透沉積物和礦物，俯身在拋得光滑的冰涼金屬上，將紅粉筆畫的草圖蝕刻，只見無數的點、線、小鉤鉤、點狀物與靈活的線條，在每一個細節中彷彿開啓新道路似的改變方向，但很少交錯。他將銅版浸入池裡，每次重複都會蓋住版面，但留下幾處可以滴溼，讓酸能夠深深吃進最細微處，永久抓牢他不想也不能遺忘的東西。

銅版從滾筒底下露出樣貌，陽光無情照耀，陰影宛如遺忘，柔滑又深黑，視野如詩如畫，鳥瞰之下，斷垣殘壁也氣勢磅礴。紀念碑在熾烈天空下大膽拔地而起，底下是步兵隊的渺小身影，笨拙揮動手臂的小丑們。這城一定是巨人建造的，羅馬的獨眼巨人將創造力發揮到極致。

皮拉奈奇的版畫多半講述死亡，但由於翔實解剖古代生活，很快便廣爲流傳。版畫呈現墓室的內部景象、陵墓平面圖、大理石基座上的石棺，或通往火葬場的走廊鋪路石切面。皮拉奈奇成爲祭祀死者的傳教士，抓住全大陸的心，每星期都有不同的青年到大師位於卡瓦洛山後的住所朝聖。他隱居於此，尋找宏偉壯麗的科爾索大道上，那間備受騷擾的工作室所欠缺的清靜。絡繹上門的青蔥少年請求入內，皮拉奈奇就會大喊：「皮拉奈奇不在！」直到他們打消念頭，看也沒看到偶像一眼。

只有一次，一個特別溼熱的初夏下午，敲門聲怎麼樣也不肯放棄。皮拉奈奇像平常一樣罵罵咧咧扯開大門，看

見一位衣著優雅的年輕人，精心打理過的半長鬈髮在頸項
後以絲帶紮起，五官柔和，眼睛又小又圓，清澈明亮。他
老派地深深一鞠躬，漂亮的嘴唇流瀉文雅的法語腔調，吐
出那句他獨自練習好幾天的正確發音：「先生您好，請容
我自我介紹。我是于貝·霍貝，像您一樣熱愛廢墟。無論
您前往哪兒，請讓我同行。」

　　兩年後，一七六〇年一個陰鬱秋日早晨，于貝·霍貝
來到安傑利卡門，沿著半涸的蜿蜒河道進入山谷，在綠意
成蔭的最角落，有座倒塌傾頹的貴族宅第，就像他所聽聞
的。天空濃雲密布，色彩曖曖微耀。他深吸一口潮溼的空
氣，想要甩開疲累；一股沉重如鉛的虛弱無力已糾纏他多
時，儘管那不符合他的本性。

　　他很年輕，才二十七歲，領取法國藝術學院的獎學
金，父親是貴族侍從，服侍凡爾賽宮的一位使節。六年前，
他跟隨使節之子，經過巴塞爾、聖哥達山與米蘭前往羅馬。
他才華出眾，肩負重任，繪製並未隱匿時代象徵、反而傲
然展示的紀念碑與建築物。春天時，他才去過那不勒斯，
參觀海灣旁一項新投入的挖掘工作，遊覽了波佐利和帕埃
斯圖姆，在蒂沃利繪畫女先知神廟裡嶙峋多節的橄欖樹，
細瘦的枝椏向著銅色天空伸展。他不想在羅馬度過炎炎夏
日，前一年，炙熱差點奪走他的命。回來後，他有了變化。
不尋常的厭煩與疲憊糾纏著他，對古羅馬的遺物一下子提

不起勁兒，反而渴望探訪當代的廢墟，那座薩切堤別墅——現在走過泥土大路後再一個轉彎，即可看見隱身在柏樹枝椏後方的別墅。

他離開羊腸小徑，走近那座建築，在乾硬的淡黃草地坐下，定睛觀察。然後，開始畫下已半頹的莊園，動作又快又精準，就像他第一次在羅馬度過的冬季漫漫長夜，在科爾索大道上的藝術學院繪畫大廳，畫一位義大利男子的結實肌肉。他果斷地在紙上移動墨筆，頭很少抬起，只看幾眼就掌握整個地方：庭園荒煙蔓草，植物從斜坡往上蔓延三層樓；立面突出、兩道弧形側翼的傾圮樓房，坐落斜坡的基座上，中央是高聳的半圓形凹殿，三座露台各有藝術水景，包括噴泉、魚池、柱廊後架有多立克柱的濃蔭女神噴泉小屋。然而，階梯裸露，鬆碎的磚牆也一樣毫無遮蔽。屋頂坍垮，陽台欄杆斷裂，凹殿圓頂上的方格龜裂，噴泉乾涸，兩尊海神使者特里頓雕像守衛的水池早已乾枯，露出石頭地面。即使是入口上的梁石，也彷彿經歷地震而傾斜下沉。

霍貝將一切畫下，也沒忘記爲這處荒涼點綴熟悉的僕人，於是頭頂水罐的女孩、懷裡緊抱嬰兒的女子、牽著小孩拾級而上的婦女、追循一道隱形蹤跡的狗兒、噴泉旁的牛羊、低頭飲用滿池水的驢子等等，躍然紙上，平衡了整個畫面。

霍貝打量自己的畫，捲起紙，橫越蔓草滋生、曾是馬

車道的小徑，走上斷裂的台階，跨過廢積在牆腳的剩餘灰
漿。入口被粗石堆掩埋，他便從窗洞爬了進去，裡頭陰涼，
空間不是太大，以前應該是交誼廳。空氣中霉味瀰漫，地
上堆著碎磚與腐木，拱頂幾乎不見。方格天花板上破了個
洞，宛如巨大的傷口，破洞外的灰白色雲層盈盈閃爍。灰
漿底下，只有從邊緣還能辨識出四周布滿黑色真菌的天花
板壁畫，褪色畫上浮現幽靈似的人形，其中唯一清楚的是
顆被叉起的頭顱，睜著呆滯的大眼。可怕景象讓霍貝想起
維吉爾史詩《艾尼亞斯紀》中的一句話：Unum pro multis
dabitur caput——「為眾人獻祭的一顆頭。」

　　他盯著陰森的頭顱，腦子裡冒出一個想法：現在，不
過只是未來的過去罷了。他忽地一陣哆嗦。接著，他爬上
廢墟，難得敏捷地回到戶外，一股腐味驀然襲來，去年夏
天的記憶不由得浮現眼前。去年八月，傾盆大雨過後，台
伯河一如既往漫過河岸，刺鼻難受的臭味猶如霧霾般籠罩
整座城市，只有向晚時分才暫時消失，他和其他人一樣，
利用這段時間外出散步，消除白日的酷熱。後來醫生告訴
他，他在那鬼魅般清新的黃昏感染了瘧疾，只有少數人才
得以存活。醫生態度從容謹慎，經驗豐富，尤其堅信放血
的療效。霍貝孱弱不堪，連帶精神也抑鬱失常，沒人相信
他會康復，包括旅店女老闆和朋友。八天內第十次從放血
的昏迷中清醒後，連他自己也聽命於不可挽回的結局，所
以即使症狀已經消失，他依然等待死期來臨；直到現在，

他仍訝異自己竟挺過疾病。

他又一次環顧四周,注視著現在似乎出現了變化的別墅。廢墟抽發綠芽,苔蘚覆滿大理石神像,紅景天從裂縫中冒出頭,常春藤頑強的根部咬進石頭裡,葡萄藤環住女兒牆,同時七手八腳纏繞著碎裂的螺旋花飾。螺旋花飾上的圖案透露出業主的身分,仍然展示著薩切堤的王侯徽章:白底上三道黑紋。

一百多年前,朱立奧‧薩切堤受命擔任樞機主教後,命人蓋了這座別墅,要求有高聳的凹殿應如觀景樓般傲人、雄偉——那是地獄谷的一座樓閣,位於馬里奧山和梵蒂岡間的沙質窪地,鄰近教廷國的深谷,覆蓋高聳參天的義大利石松和細長的柏樹。他家財萬貫,是全羅馬最富有的樞機主教,前途光明燦爛。他從夏宮寢室,可以望見聖彼得大教堂的圓頂。曾有兩次,他希望被選為教宗,一六五五年的選舉會議上差點如願,教宗最後卻是別人。

一年後,他最後一次走到別墅窗邊,眺望那棟錯失的夢想,嶙峋的手裡拿著塞滿藥草、酸橙皮與檸檬皮的香囊,時不時放在鼻下嗅聞。鼠疫又一次肆虐這座城市,卻比往年更加猖獗致命。路上擠滿周身煙霧氤氳、戴著鳥嘴面具的人,以沒藥、樟腦與水芋的香氣驅趕疾病,以棍棒推開患者,避免接觸。可憐的病患很快紛紛死去。朱立奧‧薩切堤這位流行病防治顧問別無對策,只能搶在屍體腐爛、發出人人相信的高傳染惡臭之前,不舉行宗教儀式,便趕

緊將不幸的死者埋葬在城外。這裡的山谷偏僻，特別容易
鬱積瘴氣。霧氣溼重，籠罩一攤死水淺岸與泥濘斜坡，低
垂於地面上方，散發噁心至極的惡臭，讓人覺得肯定有毒
性，會招致腐敗。朱立奧·薩切堤十分清楚，每一本瘟疫
手冊都記載著：受到污染的土地將永遠廢棄。此後，他又
在城內的宅邸接見賓客。薩切堤別墅建造短短幾十年後，
便沒有了主人。

　　首先下陷的是磚瓦屋頂，在重達數噸的拱頂重壓下，
腐朽的梁木壓彎變形，水流進磚瓦裂縫，滲入梁柱和牆體，
崩壞於是開始。年輕建築師曾拿著尺在繪圖板上繪製的別
墅輪廓逐漸消失，分崩離析、面目全非。曾經在切割後疊
成建築的石塊也脆弱不堪，無力抵擋植物成長與季節更
迭，最後再也認不出什麼是凝灰岩、磚瓦、大理石與山崖。
僅剩別墅厚實的外牆，在夏日宛如末日來臨的滂沱大雨沖
下坡時，還能抵擋一陣子。

　　然而在巴黎，歐洲的另一個首府，比波旁王朝在位還
久的是排泄物的臭味，尿液與糞便的刺鼻惡臭。夜裡，清
理夜壺的人從糞窖上來，為了省點路，不想跑一趟動物墳
場，就把排泄物倒進水溝，導致臭氣薰天，瀰漫整個市區。
黏稠的穢物在晨光中沿著街道流進塞納河，幾個鐘頭後，
不知情的挑水夫又在岸邊將罐子裝滿水。

　　提早衰弱死亡或許能解救他們。主宮苑裡為他們備好

了床，但必須與其他四個人共用一張。這家醫院坐落在曲曲折折的老城，精神病患和老人躺在孤兒旁邊，產婦和剛開完刀的人躺在屍體的樓上，患者躺在臨終者之間。磚石建築失修潮溼，走道通風不良，即使在夏日，透進窗孔的光線也始終昏暗無力。孩子身上發出酸味，婦女散發腐甜味，男人一身冷汗味，空氣中蒸騰著醫院的腐敗濁氣，就像不斷捻揉被單一樣，預示死亡即將來臨，一七七二年十二月三十日正是如此。當晚點燃蠟燭時，火苗濺到木梁上，引燃分布四處的建物與綠地。冬季整整兩個星期，醫院陷入一片火海。烈焰往外擴散，吞沒城市的中世紀核心時，群眾就在一旁欣賞這場吞沒城市的豔紅喧囂。

只留下暗沉的穹蒼襯托空蕩蕩的建物骨架，全被繪進于貝·霍貝若干素描和畫作裡。他回到巴黎八年，贏得「廢墟霍貝」的稱號。人對廢墟都有渴望。等不及時間完成作品的人，就繪製它或者建造它。建築的崩壞吸引許多人來看熱鬧，幾乎不下於處刑。因此，霍貝畫下在古羅馬神廟裡祈禱的僧侶、地底河畔的洗衣婦、聖母橋與兌換橋的橋屋拆除。他畫馬車從廢墟運走瓦礫，男人將斷垣殘石裝載到長型平底船上，臨時工在城市更新的戰場上尋找可再利用的建材，一一堆起，加以販售，促進永續循環。於是廢墟成了建築工地，在霍貝的畫作中再也無所區別。即使是外科醫學院的地基，在他的畫布上也與文物挖掘坑無異。他將巴黎歌劇院的大火畫成火山爆發。六月夜空映襯下的

火海、火柱與漫天煙霧，隔天一早被煙燻黑的歌劇院外觀，
就像拆除的默東城堡、炸毀的天主教堂、攻占巴士底監獄，
那拆毀前的黑色堡壘──一幅絮絮不休的迷人畫作：巨大
的落石堆積在護城河中，猶如古老的戰利品，黑煙繚繞。
這幅畫敘說，新生，需不擇手段破除陳舊。從今而後，古
蹟逐日消失，週週都有騎兵立像銷毀在熔爐裡。新的廢墟
之城叫作巴黎。宮殿被占，堡壘夷為平地，教堂備受蹂躪，
國王、王后、修道院長、樞機主教、王公貴族的骨骸全被
扯出陵墓，鉛棺與銅棺在特地建造的鑄造廠裡熔成子彈，
骨骸被丟入匆忙挖掘的墓穴裡，撒上石灰，以抑制屍臭，
加速腐化。霍貝像淡然冷漠的編年史家，將目標明確與漫
無目的破壞的場景，全部收進他的畫布。在那段日子若有
人問他究竟支持哪一方，得到的答案是：「藝術那一方。」

　　在他的畫中，褻瀆數百年古老的墳墓成了日常風景，
再也分不清楚事物是遭到破壞抑或受到保護。畫布未乾，
他便遭到逮捕。不過他和其他的貴族寵兒一樣，被送進聖
拉札爾，那是一間轉成監獄的老痲瘋病院。即使在那兒，
他也一樣作畫，畫下分發牛奶、監獄中庭的球賽、鐵窗透
出遠方隱隱閃耀的克利希與夏佩勒區，以及聳立於遠方天
際的蒙馬特周圍的休耕農地。他一開始畫在陶土和門板
上，後來獄方才允許他畫在畫布和紙張上。他每天下午在
中庭放封運動，不遠處有座大型木造十字架，下方有個渾
身黑衣的伯爵夫人雕像對天祈求恩慈，祈求恢復「主是

主、僕是僕」的古老秩序。

　　一七九四年，一個春日向晚，四樓走廊爆出陣陣大笑。照例又是大開筵席，金槍魚、鱒魚端上桌，水果佳釀也少不了。有隻小猴子在牢房之間晃蕩，某個囚犯的五歲兒子埃米爾遛著一隻兔子，逗得大夥兒樂陶陶。兩位被囚禁的女士渾然忘我地演奏大鍵琴和豎琴，等到樂聲一止，霍貝便娓娓道來年輕時的故事。當時他怎麼登上競技場，差點跌下來，最後鼓足勇氣向皮拉奈奇提出請求；又是如何向他學習，一起描繪地下墓穴。但他絕口不提薩切堤別墅的慘狀。一如平常，他一身及膝紫紅色長袍，只能約略估計他的身形；高額頭上刻著兩道深紋，有幾顆痘疤點綴著光滑紅潤的臉龐；又濃又黑的眉毛早已蒼白，一如那稀疏的頭髮。儘管年紀不小且身材臃腫，他在監獄中庭裡玩起捉迷藏，幾乎總是贏家。那雙小眼睛始終散發出愉快的光芒；大笑時，豐厚的下唇不停抖動，還露出兩個梨窩。他高舉酒杯，開心宣布他是聖拉札爾最幸福的囚犯。他之所以如此不受動搖，原因在於他和這裡的人一樣，最後都將死於斷頭台下，但他絕口不提。他經常引用羅馬詩人維吉爾的話：「世人皆有始與終（Stat sua cuique dies）。」具有感染力的笑聲讓人覺得他一生未曾經歷過困頓，儘管他四個孩子先後都病死了。他早已做好最壞打算，繪製了自己的墳墓，用剩下的柴火搭建一座微型斷頭台，想要熟悉機器的運作原理，因為斷頭台很快就會把他的頭從根部

乾淨斬斷。每隔幾天，牢房便迴盪起震天鼓聲，宣示黑馬車來臨，提取犯人，載往法庭。

幾星期後，一七九四年五月一個冷冽清朗的早晨，當他的名字被喚到時，他與其他囚犯在中庭集合。他明白最後一刻已到，正要出列時，忽然另外一人應了聲；命運讓另一個同名者代替他走上斷頭台。于貝・霍貝獲釋出獄，許多年後才在盧森堡新街上的工作室中風而亡，倒地時手裡還拿著調色盤。

霍貝過世一年後，一八○九年的七月，兩位建築師在一位醫師陪伴下，進入羅馬附近那最荒涼窒悶的山谷。尚未抵達目的地，馬匹便已受到驚嚇，再怎麼鞭策，也不願拉著馬車走到顛簸難行的大道盡頭。他們沒辦法，只好徒步走完最後一段路，抵達聖馬里奧山下的薩切堤別墅。入侵羅馬的占領者都曾在那座山上紮營，拿破崙的參謀在一七九七年二月也一樣。他下令將搶奪來的珍貴藝術品，送到自詡是自由國度的法蘭西共和國，送到宇宙的學府巴黎；在那裡，特使蜂擁至教宗的藏寶室，洗劫一空，劃破拉斐爾壁毯，鋸開溼壁畫和油畫，砍斷雕像的四肢。

他們的父執輩曾來此地讚嘆不已，他們卻來奪走受讚之物。教堂裡每一片金屬和大理石都被拆下販售，聖人之墓被挖開，黃金聖物箱、神龕與聖體光座皆遭拍賣，當年連哥德人都放過的主祭壇也慘遭毀壞，貴族徽飾不容存在

於城裡，羅維雷家族的橡樹、博基亞家族的公牛、梅迪奇
家族的圓形藥丸、法爾內塞家族的百合、巴貝里尼家族的
蜜蜂與薩切堤的三黑紋，全被清除殆盡，只有遠在地獄谷
這裡的家族徽飾逃過風暴。

男士們走上年久失修的階梯。他們此行是尋找一處安
置死者之地，人人都能安息的墓園。兩位建築師希望將廢
墟改建成禮拜堂，將莊園建造成通風良好、有高牆遮蔭的
寬闊大墓園。因為就在教宗遭捕、彷彿珍貴戰利品似的被
拖到法國之後沒多久，奧勒良城牆[1]裡的墓地均全數關閉。
羅馬的奇珍異寶全都沒了，阿波羅、勞孔[2]，即使是希臘
雕塑貝爾維德雷軀幹，都成了戰利品，裝載於桂冠裝飾的
戰車上，由公牛拉著，從植物園經過萬神殿，到古羅馬練
兵場，同行的還有非洲駱駝、獅子與一頭伯恩來的熊。凱
旋隊伍在沉重如鉛的天空下行進兩天，在第一天傍晚，天
空放晴，驕橫的通訊員因此大發議論，認為太陽戰勝了雲，
就如自由的力量戰勝了獨裁力量。

只有沉重的圖拉真柱[3]仍舊轟立原地。羅馬人口將近
少了三分之一，房舍比居民還多。宮殿與修道院只剩斷垣
殘壁，教堂的墓室湧出腐屍熟悉的甜膩味道。醫師多次透
過公告與演說，警告大家小心腐屍的危險，迫切建議盡快
將死者土葬於城門外，立即開始實行衛生法，廢除傳統儀
式。然而羅馬人拒絕，不希望將死者葬在地獄谷光禿禿的
地底下，而是放在石室中，置於陵墓和地下墓室裡，葬在

聖人遺骨附近，一如既往。

　　墓園從未啓用。鬥獸場裡長出了黑莓，廣場已遭開挖。別墅在谷裡慢慢被泥沙掩蓋，綿羊在大道上低頭吃草，針松與絲柏散發芬芳。很長一段時間，還有畫家前來，直到最後連殘垣也灰飛煙滅爲止。

曼哈頓

藍衣少年

又稱「死亡瑪瑙」

*一九一九年春天，弗里德里希‧威爾海姆‧穆瑙的首部影片，於明斯特的湖中城堡維希林堡與柏林近郊拍攝。片中重要的道具是一幅仿自湯馬斯‧根斯巴羅〈藍衣少年〉的畫，不過原畫中的臉換成了穆瑙的男主角湯馬斯‧凡‧維特，由恩斯特‧霍夫曼飾演。關於情節發展，有許多不同的陳述，但一致同意主角是家族僅存者，孤單落寞，與一位老僕住在祖傳的城堡裡。他經常注視著一幅祖先肖像，因彼此驚人酷似而感覺與祖先有某種神祕連結。他是這位年輕藍衣男子的轉世嗎？這人胸前別著的瑪瑙，不斷帶給家人災難，惡名昭彰。有位祖先為了阻止厄運，藏起瑪瑙。有天夜裡，湯馬斯夢見藍衣少年走出畫外，帶他到寶石藏匿處。醒來後，他果然在夢中出現的地方找到瑪瑙。老僕苦苦哀求他丟掉寶石，但他充耳不聞。這時，一團巡迴藝人來到城堡，奪走了他的一切，竊取瑪瑙，燒毀城堡，撕毀肖像。湯馬斯一病不起，幸好一位漂亮的女演員的愛與無私奉獻，他才得以活下來。
†至今仍無法確定這部默片的首映日。或許它從來不是主流電影，因為當時未見影評家給予評論。大家以為這片子下落不明。柏林德國電影資料館的硝酸片收藏中，保有這部片的三十五個短片段，上了五種顏色。

　　她顯然感冒了，鼻水流不停。之前鼻塞過嗎？完全想不起來。她有點疑神疑鬼。畢竟她很注意健康。該死的舒潔面紙又去哪兒了？剛才明明還在。爛透了。沒有面紙，她死也不可能出門。有了，在鏡子下面！好的，放進皮包，戴好帽子和太陽眼鏡，關上門，出發。走廊裡又是什麼怪味？啊，是了，週一肥皂日。清潔工老是一大清早就從皇后區過來，像群瘋猴似的猛刷大理石，太陽還沒露臉，就擾醒她的清夢，所以整棟樓沒人像她那麼早起。清潔的臭味至少持續到星期三。她必須再想一下搬家這事，否則沒完沒了！真令人抓狂。起碼電梯來得快。電梯小子以前還比較有禮貌。難道沒人告訴他，他伺候的是誰嗎？裝得好像不認識她似的。沒人教他該怎麼問候她嗎？不過是毛頭小子，卻已經學壞了，娃娃臉上流露出些許傲慢。至少沒有其他客人。好險沒有。但電梯好慢。十八樓就是十八樓。他們終於到了。門房起碼懂規矩，走出小房間，為她開門。謝囉。天空！空氣真乾淨。附近沒看見禿鷹。沒人注意到她。肯定是新墨鏡的關係。好吧。她不是特別挑剔，就第一個遇見的人吧。那是個穿著灰色法蘭絨西裝的男人。他真不怎麼優雅，不過倒是個好選擇。他大步流星走向東城，領著她穿越擁擠人群，給了她方向，一種節奏。這就不錯了。他有時候消失在人群裡，但她很快趕上。好歹她是個走路老手了。這是她唯一拿手的，基本上是她唯一的樂趣、她的宗教。若有必要，她可以放棄健美操，但絕對不會放

棄散步，不會放棄逛櫥窗、四處閒晃、隨意亂走。每天至少一小時，兩個鐘頭更好。多半走到華盛頓廣場公園再回頭，有時候走到七十七街。開始時最好跟緊別人，後來就隨意了，反正不會迷路。這就是島嶼的好處。

　　今天比想像中冷。這樣的四月天太冷了，哪怕是東海岸也一樣。這城市要嘛凍得像狗，要不就熱得像牛。為什麼要住在這裡，始終是個謎，討人嫌的多風氣候，動不動就感冒。應該像往常一樣，三月就到加州。三月去是對的，就是三月！雖然那兒沒事做，無聊得要命，但天氣總是完美的，陽光普照，空氣清新。成天光著身子跑來跑去也沒問題。哎呀，理論上是這樣。希利斯基[1] 竟然討厭那兒，真是蠢斃了。所以她全得自己來，訂機票、找司機，甚至張羅住的地方，因為房子賣掉了，連馬貝利路上的也沒了，那兒她已經待夠了。她也花了好幾個星期找合適的毛衣，質料要喀什米爾，顏色是她最愛的死灰紫。鮭魚色、淺紫色、粉紅色都是她喜歡的顏色，但沒有一個比得上死灰紫。何況她還有約，白痴約會。大部分的約她都拒絕了，但還是覺得煩累。塞西爾[2] 又自以為能給她建議任何時間、地點，更糟的是直接問她。她怎麼會知道自己明天或三天後是渴還是餓，有沒有興趣見他？更別說她疲累不堪。雖然她十分注意穿得暖，而且絕對不坐在馬桶座圈上，健康狀況也不見好轉。事實上，稍微吹點風，就感冒得慘兮兮躺平。上次著涼是和梅塞德絲[3] 喝茶，只在敞開的窗邊靠了

一會兒，晚上喉嚨就開始癢得要死。她像平常一樣穿著兩件毛衣和長毛襪上床，隔天起床仍病得很慘。幾星期後，才稍微好了一半。說她什麼時候「沒」生病還簡單一點。該死的熱潮紅也莫名來參一腳。真是淒風苦雨。她急需新的衛生褲。去年秋天在倫敦見過淺藍色的及膝長內褲。塞西爾寫信說，白莉莉運動用品店只剩下皇室藍、猩紅色與金絲雀黃，他會再去哈洛德百貨看看。總之他答應幫她弄到幾條。她現在仍四處奔找。或許為了長內褲，她應該見他一面。

哎呀，那個穿灰西裝的怎麼了？脫離了他的路線，往右飄去，逐漸走近一面大玻璃窗。媽的！他不會想要……難道真的，不行！不會是真的吧！他果然筆直走過去，真的消失在廣場飯店的旋轉門裡！她才剛習慣他呀。起碼也應該去華爾道夫旅館啊！十匹馬也無法把她拉進廣場飯店，它的後門是城裡最破爛的。這麼高級的飯店，中庭竟還散發惡臭。她對許多後門瞭如指掌。哎，真希望她對所有的事情都熟門熟路，就像熟悉後門一樣！熟悉垃圾桶，或者裝髒衣服的臭桶子、飄出廚餘臭味的工作人員電梯。她真是倒楣！還不到十點，便迎來第一次失望，電梯小子不算在內。應該別再隨便指望任何人。

她停下腳步，鼻子滴滴答答，鼻涕流了下來。沒人幫她止住鼻水。真悲慘！身邊沒人關心她、認出她、幫助她。大家匆匆而過。從她身邊走過，經過這個戴著手套在皮包

裡翻找的女子。該死的面紙，像被土地給吞了似的。連大軍團廣場的噴水池都沒開。還走不到兩條街，散步就要結束了嗎？好吧，吸一下鼻涕，綠燈一亮就過街，不要再做什麼實驗了，第五大道走一段到麥迪遜大道。灰西裝是個錯誤，又一個錯誤罷了，完全不令人意外。反正她常犯錯。真討厭。但並非總是這樣，以前完全是另一回事。那時她從沒犯過狗屎錯誤，總是知道自己要什麼，懂得分寸。這點她很拿手，無需深思熟慮。深思熟慮對她沒用。她還不曾深思熟慮後才做出決定。左思右想有個屁用，只會長皺紋罷了。她這輩子還沒認真思索過什麼，也不懂該怎麼做。智商反正是零，什麼都不懂，沒受過教育，也沒讀過書。但她學過什麼呢？不同的頭部姿勢代表不同的意義：頭往前叫作臣服，往後仰則相反；稍微往前表示支持；頭抬得高高的，就是沉穩抗拒。真驚訝她竟然記得住，她從來記不住東西。什麼也不懂，卻擁有一種夢遊似的直覺！十分牢靠。她總喜歡以男性自稱。當她還是個小男孩時，就知道自己要什麼。反正以前是這樣。可是現在不見了，那股糟糕的直覺默默消失了。在她擠進那件畸形的超大泳裝時，那有名的直覺究竟上哪兒去了？眼看她這麼輕率就墮落了，在攝影機前，完全是自找死路。高處空氣稀薄，往下看一眼就完了。媽的恐懼得要命，然後什麼都沒了。

是先鼻塞，還是先流鼻水的？見鬼，典型的發病過程究竟如何？晚點她得打電話問問珍 [4]。珍知道這種事，或

者一副知道的樣子，隨便怎樣都沒差。她昨晚也不知道該
怎麼辦了。所謂知心好友，就是夜裡也可以打電話過去！
她昨晚真的很慘。腦子裡一直冒出愚蠢念頭，一堆瘋瘋癲
癲的夢，簡直要崩潰。現在清楚是怎麼回事了，是感冒。
但是昨晚也可能是中風啊，或者風溼還是癌症。真的有鼻
癌嗎？八成是叫別的名字吧。不過感冒也不能掉以輕心，
鼻涕流成這樣，很可能是鼻竇炎。可是她晚上沒有洗頭啊。
媽的，為什麼沒洗？啊，對了，是塞西爾，碎嘴的老三姑
六婆，打電話來講一堆蠢話。根本應該轉接掉他的電話！
稍微心軟，就立刻受到懲罰。他這個囉哩囉嗦的老八婆比
梅塞德絲還糟糕，只會抱怨和甜言蜜語。難怪她講完電話
就偏頭痛。要是沒接電話、去洗頭就好了，至少完成了一
件事。又流鼻水了。真是煩哪。至少紅燈了。那是什麼？
有部相機對著她，就在那邊。看吧，果然。相機後面是個
女生，年輕姑娘，雙峰傲人。也許她沒有吧？不可能是真
的！現在她被人拍到擤鼻涕了，光天化日下。真可怕。什
麼都逃不掉。攝影者已經跑掉了。街上熙來攘往，簡直能
殺人。救世軍姊妹拿著紙條、彈著手風琴，推著香腸攤的
可憐蟲，報販棲身在十芬尼銅板和一堆紙後面。人人都有
事做，唯獨她沒有。她從來不讀報紙，沒什麼內容。《生
活》雜誌封面上那個小心肝是誰？啊，瞧一下吧！原來是
小夢露，眼皮半掩，一頭金髮，肩膀裸露——半似輕佻女
子，半似豪門閨女，但是不無風格。她還真的有點本事，

怪不得是**好萊塢當前話題**。什麼嘛！四處終於開始流傳這位性感尤物很有一套。早在幾年前，她就預言了。一門大砲。什麼呀，是炸彈！這女孩是把《格雷的畫像》中的男主角道林・格雷迷得昏頭轉向的完美選角。天啊！本來應該要成的！夢露扮演西碧兒，而格雷這角色由她擔當。是的，本來應該要成的。回歸螢幕的完美角色。影片中有一幕是夢露赤身裸體！既然如此，就要好好幹。其他都是浪費。本來應該要成的！偉大的嘉寶，被小夢露給毀了。表演藝術的勝利！他媽的，本來應該要成的。她早就知道。是的，就是知道。但別人都不懂。他們什麼也不知道，這些白痴，總是捧著女人角色上門找她，爲愛而死之類的討厭蠢事。塞納河裡那具屍體，變成愚蠢微笑的死亡面具，一舉成名。既然是面具，就該是眞正的面具。她想演小丑，男的小丑，但在化妝與絲綢長褲底下仍是個女人，所有愛慕他的女孩全都不明白爲什麼他總是不給答案。連比利[5]也不懂。和其他人一樣，都是叛徒。她一陣反胃，酥皮肉醬餅湧了上來。他竟敢把她和那些已經沒名氣的默片蠢蛋相提並論，好似她已經被放棄了，已經死了！簡直卑劣。反正只有一個導演能讓她無條件信任，而那個人已經死透了。爲了他，她連夜裡的鬼也會演出，夜裡的床頭燈都行！她願意爲他做任何事，什麼都可以！但是他不要。當時在貝格[6]家，他便已喜歡她，她也中意他，曬得一身黝黑的他。他剛從南太平洋回來，一如既往高大瘦削。雖然兩袋

空空，卻與牧羊犬住在米拉瑪爾飯店。驕傲自負，威風凜
凜。沒人摸得清他的內心想法。他告訴她，他家幾百年前
從瑞典流亡過來的故事。他站得直挺挺的，彷彿這樣能證
明什麼。真是迷死人了！但後來趴在撞球桌上時，他竟又
如此柔軟。也難怪，他們喝茫了。他棕色的雙眸靈活有神，
一頭紅髮，嘴巴抽動著，聲音渾圓起伏，完全是她喜歡的
類型。噢，不！又是結束的開始。五個星期後，他死了，
就和她生命中其他重要的人一樣：艾兒娃[7]、莫耶[8]，還有
這個穆瑙。他們本來可以好好的。至少他沒有不想要好好
的。即使他喜歡男孩也不是障礙。相反的是：她從來也不
是什麼女孩。塞西爾之前還嘲笑她：拜託，妳從來就不是
男生。但是後來他挖出她的一張照片，看見了什麼，一個
尚未看到未來的瞬間。她晦暗的童年。該死的貧窮，住在
南島的蒼白日子。父親在房間一角埋首報紙中，母親在另
一個角落補綴衣服。空氣窒悶混濁。那時，她的確希望塞
西爾能碰碰她。尤其是在她用德語大喊「不要」之前，不
要鬆手。希利斯基從來不碰她。他的手大得像馬桶蓋。真
是不幸。

　　時裝店的櫥窗也更有品味了。但她要在哪裡才能弄到
淡紫色地毯？她到底在何處看過這種彩繪家具？哎，就算
有了彩繪家具，她的房子也一樣無趣得要死。一個面對中
央公園的該死牢穴，沒有一件東西是她喜歡的，可怕死了。
她一定要再搬家。居無定所，逃亡、邊緣的生活，永遠一

個人孤零零的，早早上床睡覺。很少看戲，只看電影，要是沒有大排長龍的話。她沒有什麼事情可做。據說處女座的人應該很懂得修繕，但她只會搬家。這就是人生。不對，那不是人生，而是她自己。塞西爾說得沒錯，她浪費了花樣年華。真希望有人能為她活出另一番樣貌，用他的血餵養她。但誰要做？昨晚連珍都失去耐性了。都那種情況了！珍還數起她打了多少次電話，真是豈有此理！十次？那又怎樣！先是塞西爾莫名其妙的指責，接著發現自己竟提不起力氣洗頭髮，最後是珍的鐵石心腸。可惜塞西爾最近變得很親，真可悲。就和梅塞德絲差不多糟。只是梅塞德絲那隻老烏鴉還會給她惹麻煩。她推薦的整脊推拿師沃夫狼醫生，光是名字就是不祥預兆！她本來只是手腕有點問題，但是他連她的背和臀也捏得喀喀響，把她全身骨架都推散了！結果不光是臀部脫臼，連嘴巴都歪了。他差點殺了她。

她要不要喝杯咖啡？但是上哪兒喝呢？已經在市區逛太遠了。啊，該死。怎麼沒早點想到！她得去一趟有機食品店。上星期就該去拿蕁麻茶，竟把這麼重要的事給忘了！老是這樣。她有事可做，有目的。有機食品店在萊辛頓大道第五十七街轉角。畢竟她生病了呀。也許還是那個嬌小迷人的棕髮妞。不是標準的美人兒，但是非常可愛。事情會好轉的。這想法多美妙啊。她應該會給她新的面紙，很可能還會調一杯維他命飲料。然後她可以打個電話給

珍，約她到柯尼餐廳吃午餐。再給她一次機會，或者乾脆
自己到三王冠餐廳吃瑞典自助餐。吃一餐乏味要死的燜蔬
菜，沒有烤雞。再到孔雀藝廊喝一杯濃醇威士忌，抽光一
盒金色 Kent 菸。還可以去男服裁縫那裡訂做一件合身長
褲。對，她甚至可以打電話給塞西爾，叫他想辦法弄到死
灰紫色的毛衣。他搞不好真辦得到。這個人活力十足，八
面玲瓏，對人、對事的興趣都高得可怕。她始終猜不透他
為什麼想與她消磨時間。沒人比她更清楚自己有多無趣，
畢竟她一天到晚都要忍受與自己相處。就算受不了，也沒
辦法就這麼離開。自己是無法和自己分離的。很可惜辦不
到。哎，她真想離開去度個假，以另外一個人的身分。他
媽的拍攝工作就很好，有劇本就更方便了。希利斯基並不
是特別有天賦的作家。不過，沒魚，有蝦也好。或許就是
塞西爾吧。畢竟她還是喜歡他。不然她還能要誰呢？他沒
辦法乾脆教訓她一頓，把她拉到神壇前舉行婚禮。那個呆
子還在等她說好。他根本不懂，她需要被逼才會抓住幸福。
她需要的只是有人踹她屁股一腳！她壓根兒忘記該怎麼說
願意。她當然想拍電影，但總可以等待好角色吧。泳裝那
次災難，只能怪她自己。但什麼是「好角色」，已經沒那
麼容易分辨了。《魔山》裡的琪琪夫人？還是居禮夫人與
X 射線？直覺不見了，完蛋了。希利斯基這個會照顧人的
怪獸，雖然半夜可以為她弄來車子和伏特加，但在這種事
情上完全派不上用場。當然他很專制，那是他出色的地方。

就一個矮小的人來說，他的手非常大，光憑那雙手就能驅使別人了。所有人都他媽的怕他怕得要死，就像害怕地獄犬塞伯洛斯還是塞伯魯斯，隨便叫什麼名字。不過，他至少知道自己要什麼。有時他看著她的眼神啊，那冷冷的魚眼，彷彿她不在場似的。

那裡，快餐店旁邊就是了。她的目的地，她的燈塔，她心愛的有機食品店。她真幸運。嬌小的棕髮妞今天在，手裡已經拿著茶了，真教人信任。那身白袍真適合她，尤其是彎向前的時候。她的表情為什麼這麼奇怪？「天啊，嘉寶小姐，您看來很慘呀。」怎麼回事？「什麼？我變了很多嗎？」她的表情也太驚恐了！「不、不是，不是這樣。」她克制情緒，假裝什麼都未曾發生。那可不是她胡亂想像的！噢，天啊，她得立刻離開這裡，茶要拿走，那已經付過錢了。離開這裡。什麼爛結局，媽的狗屎。她看起來顯然很慘，至少比平常還糟。她得瞧瞧。但要上哪兒看呢？櫥窗裡的鏡子。媽的。那是什麼鬼？她真的一副鬼樣子，嚇死人了。眼睛布滿血絲，鼻子也紅通通的，皺紋從來沒那麼多，脖子也鬆垮垮。到處都是線條，正完美地朝著皺紋前進。欸，嘴巴周圍的皺紋像溝槽，媽的都是抽菸造成的。沒有一個化妝師能填得平。大理石碎裂了。本來還見得到輪廓的，全變得臃腫，慢慢失去形狀。死人的面具倒是很適合。年輕時死掉，至少還有這個。她就保留著穆瑙的臉面具。

　　爲了這張臉,她難道沒有盡力嗎?將髮際線剃平整,
矯正牙齒,換了髮型和髮色。也難怪那些禿鷹自認爲這張
臉屬於他們。她只要拋個媚眼,人人自有詮釋。她的微笑,
神祕莫測;她的雙眸,洞察機先;她的顴骨,神聖高雅。
他媽的狗屎。任何一種崇拜愛慕,都是結束的開始。最後
只剩下僵化與犧牲。什麼東西嘛!講什麼女神!這些年
來,她不過是個上了妝的混蛋而已。她也能演個好男人的。
高大英挺,肩膀寬闊,大手大腳。但是他們不要這種身軀。
看到這身體半裸,便立刻嚇得逃跑。一個超大型的基座,
這張該死臉孔的培養液!那才是她真正的敵人。她就只是
個蛹,只是個空容器。他們十分渴望瞭解內容。但裡面什
麼都沒有。空無一物!

　　但是她現在知道了!根本不是泳衣的關係!和她一直
以來認爲的不一樣,那根本不是問題所在。不是泳衣,而
是該死的泳帽!下巴那條該死的小皮繩,在皮膚上勒出了
痕跡。那邊的肉本來就有點鬆軟。老化來得太早。基本上,
從出生就開始了。現在反正什麼都太遲了。媽的可惡。無
所謂啦。現在若有根菸抽就好了,真想哈草。爸爸總說:
「明天會更好。」然後就這麼死了。這十年過得很辛苦,
但未來十年或許只會更悲慘。她受夠了一切,甚至厭煩受
夠了。其他人有丈夫、孩子或回憶。而她什麼也沒有,除
了該死的名氣和那一點點讓她無需在四月早晨出門工作的
錢,讓她不需要去城中的辦公室,不需要去灰塵漫天的卡

爾弗城[9]，哪兒也不用去。事實是，她的人生結束了。一個有著過去但沒有未來的女人，那個女人就是她！一艘沒有舵的船，永遠孤零零。可憐的小嘉寶，毫無希望。不再是拉車的馬，而是沒有主人的狗，日復一日在曼哈頓遊蕩，穿梭在城市裡才四月就泛起陣陣惡臭的陰溝。但是她能去哪裡呢？她的臉全世界無人不知，不管是戴著漁夫帽，還是裹在及地的海豹皮大衣裡，遲早會被認出來。到處都有禿鷹，只是時間問題罷了。不，結束了反倒好。那是她的決定。人生總在某一刻起，失大於得。她做牛做馬工作，沒有自己的時間。現在她有了，卻毫無概念要拿來做什麼。東河髒死了，她才沒興趣把自己淹死在河裡。很多女人精神失常，可惜她沒有。她不過是生病了。也許她老早就瘋了，只是自己不知道。或者她早就死了？誰知道呢，搞不好死了很多年。說到底，她曾經年輕過嗎？她想不起來。這也不是什麼新鮮事。她從來沒想起過什麼。只有看盡一切、經歷過一切的感受：堆積如山的信件、聚光燈的嗡嗡聲、閃光燈、可悲的裝腔作勢。洛杉磯不過是個噩夢，世界上沒有更乏味的地方。沒有人行道的該死城市！老天哪！有多少次，她搭了五小時的車到聖塔芭芭拉，就為了能散個步，卻又發現她在那裡找不到可以喝杯茶的地方。就連那個地方也有人守著。她不過是想一個人靜靜。但是，為什麼沒有人關心她？她到底為什麼沒有丈夫和孩子？她愛的人都死了。那些還愛慕她的人全都老了，像她一樣老。

她應該像穆瑙一樣賣掉所有家當,消失無蹤。不一定要到
南太平洋。他從那兒回來,代表他的終結。對向車道駛來
的貨車,那是一道斜坡。其他人安然無恙,司機和實際開
車的小菲律賓人都沒事,牧羊犬則是跑掉,很有可能現在
還迷失在山谷裡。穆瑙美麗的後腦杓給輾碎了。但是他躺
在殯儀館裡,傷口完全看不見。他一身灰色西裝,高貴傲
慢的臉龐濃妝豔抹得像個柏林的老娘娘腔。骨瘦如柴、盛
裝打扮的大體,躺在梔子花編成的花圈和十字架之間。即
使是死人,在這個地方也塗抹得像要演出彩色電影。擺在
四周的花園椅子鋪著彩色印花坐墊,沒人想坐,空空蕩蕩。
反正也只有幾個無關緊要的人出席,是他最後的信徒。火
化還是土葬,才是問題。那時都還沒確定。啊,若是能倒
轉時間,她願意付出什麼?不再錯過結交朋友、結婚,或
者就拍電影!她真想要!她甚至還試了鏡。在拉布雷,她
出色地說出台詞,機器吹來的風揚起她的秀髮。大家不是
很喜歡嗎?黃宗霑[10]不也對她說「嘉寶小姐,您仍是世上
最美麗的女子」嗎?他可是真心的。這還是不久前的事情,
兩年或三年前而已。差點就成了。劇情是什麼?因為愛情
失意而去當修女的女公爵。隨便了。她反正也是個修女。
和塞西爾在一起固然很好(男同性戀者當情人就是比較
好),但他抓她的頭髮,扯得她發痛。有時他就是知道她
需要什麼。她差點就成功了。任何蠢事她都願意演。她拚
命努力,甚至鍛鍊了上手臂。但是沒有,每當她以為要前

進了，永遠會殺出阻礙。彷彿中邪似的！希利斯基老是說她像杜斯[11]一樣。杜斯沉寂了十一年，再度回歸舞台後，迎來空前的成功。倒是說說看現在幾年？一九五二年，他媽的。所以她的十一年已經過去了。自從全世界看見她在游泳池那副模樣、大肆嘲笑她以來，已經過了該死的十一年。現在呢，她現在又是什麼樣？沒有衣服可穿的女人，一個失業的演員，活生生的化石。光天化日之下迷失在中城的夜鬼魅，尋找著死灰紫色的喀什米爾毛衣與某種鬼意義！活脫脫是個殭屍，被活埋在高聳紅磚屋及虛涼筆直的街道築成的深淵裡。她難道不是什麼都試過了嘛！占星、神智學，甚至精神分析都有，她去找了西好萊塢唯一的瑞典分析師格拉斯柏格博士。分析了幾週後，他說她有自戀障礙。可真了不起呀！她走出診所，迎面就看見高速公路上她的海報，比真人還大。這叫人怎麼能沒障礙？她從此沒再去了。反正她沒興趣讓人把她的靈魂去骨去皮。塞西爾懷疑她根本沒有靈魂。他很有可能是對的。她很可能真的糟糕透頂。沒錯，她就是這樣：態度惡劣的壞人。改不了了。他當真曾經以為她能扮演他的妻子？那畢竟還是個角色。最後一個角色。現在一切都太遲了。不過，她究竟從什麼時候開始老的？不可能是很久以前。該死的老化到底是什麼時候出現的？因春天來臨而開始感到興奮的時候吧。畢竟以前她毫不在乎春天，永遠只懷念冬季。聖文生大道公寓後面唯一的樹，瘦長枯萎，那是她的冬樹。她有

多少次想像著寒冬掉光了樹葉，大雪不久將會落下，覆蓋住光禿禿的枝椏。雪當然從來沒飄落過。怎麼說？這裡是他媽的加州！聖誕節後落下的是雨，撒尿似的，直到漫出峽谷。人可以拋棄一切，雙親、語言、國籍，但是拋不掉童年的天氣。儘管如此：這裡四月玫瑰盛開，橙花散發甜香味。梅貝里路上霧濛濛的溼潤日子，清晨的海灘是唯一能散步的地方。逃離氣候的計畫到頭來都失敗了。而她流落到哪裡？一個散發甲醛、汗臭和垃圾味道的城市。她第一次來時，仍是個青澀少年。那個夏天熱得要死，根本沒辦法出門。她覺得自己快死了。晚上無法闔眼，因為中庭裡在夯實垃圾。她就這樣躺著，聽著鬼機器可厭的吧唧吧唧聲音、消防車的警笛、汽車喇叭，那些令人抓狂的噪音。她恨不得淹死在浴缸裡，但是房間裡沒有浴缸。現在呢？現在那個城市洞穴是她唯一的住處。她沒有死。無論如何，她知道死人不會傷風流鼻水。不，她活著，還活著。這就是問題。所以，加州。還是歐洲？住在這裡是不可能了。或許先從小事開始，一件接著一件。先回家去，泡壺茶，打電話給珍，洗頭髮。接下來也許是加州，順道繞去棕櫚泉。夏天再去歐洲。尼斯應該是座美麗的島嶼。

蕾絲玻島
莎芙戀歌

*莎芙的詩歌誕生於西元前六百年左右的希臘遠古時期，愛琴海東邊的蕾絲玻島。

†莎芙死後，她的詩歌可能很快在蕾絲玻島以某種重新演奏的形式記錄下來，但音樂伴奏的曲譜並未保留。西元前三、前二世紀，亞歷山大城的學者曾將莎芙四散在各種雅典珍本與詩選中的作品，集結成嚴謹的作品集出版，但曲譜大概在那之前早已逸失。西元一世紀，加達拉的哲學家菲勞德烏斯有則評註說明，在他那個時代，妓女總會在宴席和前戲時唱誦莎芙的詩歌。

她的詩作由於單純受到忽視，加上故意銷毀的加乘作用，估計在拜占庭時期逸失。哲學家邁克爾‧伊塔利科斯在十二世紀前半葉還曾談及莎芙，推測他應該很熟悉她的作品。同一個時代，學者約翰尼斯‧泰策斯提到她的詩作早已失落。有些人認為詩作在一〇七三年遭額我略七世燒毀，或者一二〇四年第四次十字軍東征、洗劫君士坦丁堡時遭毀；也有人推測她的文章在四世紀就已銷毀；還有人相信應該更早之前就沒了，因為後來沒有語法學家再援用她的詩。

近年來，由於評鑑大規模殘缺不全的莎草紙文物，使得她的文本可觀成長。

就在尼布甲尼撒二世劫掠耶路撒冷，梭倫治理雅典，腓尼基航海家首次繞行非洲大陸，安納西曼德推論萬物本源存在於一種無定形的原質，而靈魂的本質是氣的那個時代，莎芙寫下：

那人於我，如神般
存在，與你相對而坐的
男人，依偎著你，傾聽你
甜美的話語。
你的銀鈴笑聲，讓我的心
在胸膛裡害羞怯弱：
望著你，只那一瞬間，我便
啞然失聲。

我舌癱打結，一抹
星星之火轉瞬燎灼我肌膚，
我雙眼不能視物，
雙耳隆隆作響。

我大汗淋漓，一陣哆嗦
貫穿全身，我比青草
青澀，我於我自己
猶如死人一般。

然而，一切皆可忍受，因為⋯⋯

佛陀與孔子尚未誕生，民主思想與「哲學」一詞尚未問世，但是阿芙蘿黛蒂的僕人——愛神厄洛斯早已展開堅若磐石的統治。他不只是最古老、最有力量的神，也是突如其來侵襲人的不明疾病，一種降災於人的自然力量，一場掀起翻天巨浪、拔起橡樹的風暴，一頭猛然攻擊人的頑強野獸，點燃人無法抑制的欲望，引發恐怖的苦難，亦即又苦又甜、錐心蝕骨的激情。

流傳存世的文學作品，比莎芙詩歌古老的寥寥可數：厚重的《吉爾伽美什史詩》、《梨俱吠陀》最初幾首空靈頌歌、荷馬源源不竭的史詩，以及海希歐德開枝散葉的神話。在他的神話中，**繆思女神們對於過去、現在與未來無所不曉**；她們的父親是宙斯，母親是泰坦族人、記憶女神妮莫西妮。

我們一無所知，至少所知不多，甚至連荷馬是否真有其人，誰又是那個我們不得已命名為「託名為朗吉努斯」的作者，都不確定。由於這個人在他探討崇高的斷簡殘編中，引用莎芙討論愛神厄洛斯力量的詩句，這才被我們這些後世子孫保留至今。

我們知道莎芙出身於蕾絲玻島。這座島嶼位在愛琴海東邊，十分接近小亞細亞大陸，近得在視線清朗時以為能游得過去，游到當時富饒豐裕的利底亞，再從那兒，也就

是當今的土耳其，游到如今富饒豐裕的歐洲。

　　在那消失的西臺國某處，一定能找到這個特殊島名的由來，其隱含的意義若非「敬畏的」、「潔淨的」、「來源純粹」，就是根據其他推論，爲古希臘語中藍寶石與青金石的變異。

　　據說她誕生於艾雷索斯，也可能是米蒂利尼，約在西元六一七年，或許要早個十三年或晚個五年。她的父親叫斯卡曼羅斯或斯卡曼羅尼莫斯，但也可能是西蒙、歐邁尼斯、歐立吉奧斯、艾利吉奧斯、西默思、卡莫或艾塔霍斯，正如十世紀一部叨叨絮絮卻不太可靠的拜占庭辭典《蘇達》裡所記錄的。

　　我們知道她有兩個兄弟，叫查拉克斯和拉里瓊斯，或許還有第三個，叫歐立吉奧斯；我們也知道她出身高貴，因爲她的小弟拉里瓊斯是米蒂利尼公會堂的掌酒司，擔任保留給貴族家小夥子的公職。

　　我們認爲她母親名喚克萊絲，有個同名女兒，她在詩中也以此稱呼心愛的女子，然而這個名字也有奴隸之意。

　　莎芙從沒提過丈夫。《蘇達》辭書記載他名喚「安德羅斯島的克契拉斯」，這可能是阿提卡喜劇作家的下流笑話，故意給她一個叫「男人島的屌」的丈夫，無疑以此爲樂。據聞她對年輕船夫法翁懷有不幸且自我毀滅的愛戀，一定也來自這個時期。奧維德在他的《女傑書簡》中，還對這段愛情添枝加葉。

　　從西元前三世紀一部編年史的銘文得知，她曾經搭船逃往敘拉古，但具體何時，帕羅斯大理石石板上沒有準確的記載。從另一份文獻可以推論，此事可能發生在克林納提登家族掌控島嶼命運時，大概是西元前五九六年左右。

　　七年或八年後，庇塔庫斯暴君統治蕾絲玻島，她流亡歸來，返回米蒂利尼島，建立一個女性團體。我們不清楚那是敬拜阿芙蘿黛蒂的宗教組織、有情欲曖昧的同好交流，抑或是貴族女兒的新娘學校。

　　古典時期初期，沒有一位女性像莎芙這般廣受談論又立場分歧。原始文獻匱乏，傳說便五花八門；嘗試區分兩者，幾乎毫無希望。

　　每個時代都創造了自己的莎芙，甚至杜撰出第二個，以平衡敘事的矛盾之處：莎芙一下是獻身阿芙蘿黛蒂或繆思的女祭司，一下是情婦；一下是淫蕩的女人，一下是狂戀的男人婆；一下是善良的學者，一下是風流的蕩婦；一下是寡廉鮮恥，一下又端莊純潔。

　　同時代人阿爾卡埃烏斯說她**莊嚴高貴，微笑如蜜，鬢髮如紫羅蘭**；蘇格拉底說她**美麗**；柏拉圖說**睿智**；加達拉的菲勞德烏斯說是**第十位繆思**；史塔邦說是**美妙的姑娘**；賀拉斯說有**男子氣**，至於他指的是什麼，已無法探究了。

　　二世紀後期或三世紀初期的一份莎草紙文稿，又主張莎芙**又醜又黑又矮，是個傾慕女性的可鄙之人**。

　　她的青銅雕像曾經遠遠流傳，今日銀幣仍可見她頭戴

月桂冠的側面；花瓶畫家波利格諾托斯流派的水壺上，有她閱讀卷軸的纖細身材；西元前五世紀一個黑亮的花瓶，有她高大的身影，手捧八弦里拉琴，彷彿剛結束演奏，或者正要開始彈奏。

　　我們不知道，希臘方言中最拗口、最古老且字首沒有氣音的伊奧利亞語，被莎芙用以寫成詩歌後，在福明克斯琴的撥奏下，在西塔拉琴華麗的音色、有力的巴比頓琴或類似豎琴的佩克提斯琴等低沉樂聲中，抑或是音調高亢的馬加迪斯琴、回聲悶沉的龜甲琴等弦樂器伴奏下，於婚禮、宴席或女人圈中吟唱時，聽起來效果如何。

　　我們只知道，「抒情詩」（Lyrik）來自於里拉琴（Lyra）的弦樂器，在莎芙死後三百年，此詞才由亞歷山大的學者新造而成。學者為她整理出八或九冊的作品集，相當於紙莎草書卷上的數千行，根據格律編排成數百首，而我們只擁有一首完整無遺的詩，還是奧古斯都時期居住在羅馬、但出身哈利卡納蘇斯的修辭學家戴歐尼修斯，認為那些詩是值得讚賞的例子，在他的著作《論文學結構》中完整複述留下來的。那位託名為朗吉努斯的學者則保留了四小節相續的詩；在三份不同的莎草紙殘篇中也成功組合另一首詩的五節；一九三七年，找到另一首詩的四節，由西元前二世紀一個埃及學童隨意塗寫在手掌大的陶片上；第五首和第六首詩的殘篇，保留在中世紀初的破損羊皮紙上；不久前，在用來保存木乃伊與包裝書用的莎草紙

硬卷上，發現可補充第七首和第八首的大部分內容，只不過專家對其中一首的解譯各執一詞。

　　阿特納奧斯與阿波羅尼歐斯・迪思科洛斯等語法學家、哲學家如索洛伊的克律西波斯、詞典學者朱利葉斯・波路斯等人，為了說明特定風格、特殊單詞或者以莎芙命名的格律，皆曾引用莎芙區區數詞和寥寥數行，並由中世紀抄寫士抄錄在大部頭法典中流傳下來。其餘的莎芙作品只是碎片：幾段零散的詩節、長一兩行卻殘缺的詩句、脫離脈絡的零碎字詞、個別的音節與字母、某個字與行的開頭或結尾，長不足成句，遑論構築出意義。

……
……
……而我走……
……
　　……若……
……
……因為……
……和諧……
……合唱，……
　　……嘹亮清澈
……
　　……一切……

……

刪節號似乎出現在歌聲漸弱、詩詞匱乏、紙莎草卷軸
破損或腐朽之處，先是個別出現，接著成雙成對，不久又
是規律三和弦的隱約模式——無聲控訴的曲譜。

這些詩歌沉默無聲，成了文字，成了借用自腓尼基語
的希臘字母：黑色的大寫字母，被學童笨拙地刻在黏土上，
或職人拿蘆葦筆勤奮地寫在木質禾本科植物的木髓上；娟
秀的小寫字，寫在浮石揉平、白堊漂白的羔羊皮或夭折的
山羊皮上。紙莎草紙和羊皮紙都是有機物質，只要暴露在
天氣下，就會像所有屍體一樣腐壞。

……
　　……而不……
　　……盼望……
　　……蓊然……
　　……花兒……
　　……盼望……
　　……愉……

殘詩猶如表格，渴望被填寫，透過詮釋與想像力，或
者透過將奧克西林科斯殘物山挖出的紙莎草殘篇解譯。奧
克西林科斯是埃及中部已凋萎的城市，城市厚達一公尺的

乾土，將堅硬如石且被蟲蛀壞，因反覆捲捆而脆裂、壓皺與毀損的斷簡殘編保存將近千年時光。

我們知道在紙莎草卷上欄位窄迫，沒有字距、標點符號和輔助線，即使段落完整，也很難讀懂內容。占卜，在古老的神諭技藝中，指的是透過觀鳥遷徙、解讀夢境，預言未來的能力；用在今日紙莎草紙學上，則是指在只有古希臘字母的褪色殘片上讀懂一行文字。

我們知道，斷簡殘編許給我們永恆的浪漫，是現代始終強大的理想。從此以後，沒有哪種文學類型像詩藝這般連結含義深遠的空白，連結滋養投射情懷的空缺。就像幻肢一樣，刪節號彷彿與字詞共生共長，堅守著一種消失的完美。莎芙的詩若是完好無損，將如塗得五彩繽紛的古代雕塑，令我們感覺陌生。

流傳下來的詩作與殘篇，無論多簡短、意義多斷裂、有多殘缺不全，總共不超過六百行。根據計算，莎芙的作品約有百分之七流傳至今；根據計算，約莫有百分之七的女性僅對女性或者主要對女性有感覺，然而沒有任何計算可證明其中是否有任何關聯。

符號的歷史中，有些符號代表著未知、不確定，代表著空缺、遺失，代表著空白與虛無，例如古巴比倫穀物清單上的零；代數式中的字母 X；講話忽然中斷的破折號。

……　　　……　　　……

牧羊人　　渴望　　　汗水
⋯⋯　　　⋯⋯　　　⋯⋯
⋯⋯粉紅的⋯⋯
⋯⋯

我們知道，頓絕（aposiopese）是一種修辭法，指說話時忽然中斷不語。那位託名爲朗吉努斯的人，在他論崇高的文稿中一定也有相關的探討，但由於圖書館員和裝訂工人的疏失，以致有關部分遺失。人若忽然停頓不語，或開始結結巴巴、吞吞吐吐，甚至是沉默，就會被情緒所控，囿於情緒的純粹而無法言語。省略符號能開啓文本，使其進入一個不明確的浩瀚感受帝國，這類感受無法化成言語，或屈服於可供使用的文字。

⋯⋯我心愛的⋯⋯

我們知道，艾蜜莉・狄瑾蓀寫給本是朋友、後來成爲嫂子的蘇珊・吉伯特的信，被蘇珊的女兒，亦即艾蜜莉的姪女瑪塔，在出版時不著痕跡刪去幾段熱情洋溢的段落。在一八五二年六月十一日的信中，有一段遭審查的句子是：「如果妳在這裡——噯，要是妳在這裡就好了，我的蘇西；我們無需言語，雙眸會爲我們低語；緊握著妳的手，我們便無需語言。」

　　無聲、盲目的理解，就如詞藻豐富的山盟海誓一樣，都是情詩固有的傳統主題。

　　能夠清楚辨識的莎芙文字，就像文字應有的清晰明確，一目了然。這些文字激昂熱情卻又深思熟慮，以一種需要透過翻譯才得以復生的失落語言敘述上天的力量，即使是兩千六百年後，這股上天之力也未曾損其一絲一毫的強大：人突然出現殘酷卻又美好的變化，轉變成欲望的對象，讓人無法反抗，甚至可以拋家棄子，離開父母。

　　愛神厄洛斯又震顫了我，這肢體的鬆解者，
　　又苦又甜、不可撼動的爬蟲。

　　我們知道，根據同性或異性來劃分欲望主人公的想法，對古希臘人是陌生的。重要的反而是性愛時的性角色是否符合社會角色，成年男子主動積極，少年、奴隸與女性則是被動的。統治與臣服之間的區隔不在於性別，而在於誰侵入與占有，誰又允許自己被侵入與被占有。

　　在保存下來的莎芙情詩中，男人無名無姓，女子姓名卻大量出現：阿邦提絲、阿佳莉絲、阿娜果拉、阿娜多莉亞、阿爾喜娜莎、阿莉格諾塔、阿提絲、狄卡、多麗卡、艾蘭娜、尤妮卡、貢莉亞、貢戈、吉麗娜、克萊絲、克琳提絲、麥佳拉、米卡、娜西絲、納熙狄卡、皮萊托狄卡、泰勒希帕。

　　她們全是莎芙讚頌的對象，或溫柔奉獻，或欲望火熱、或妒意強烈，或冷淡蔑視。

　　我說，即使在遙遠的時代，
　　也會有人記得我們。

　　我們認為自己知道莎芙曾經是老師，儘管最早記載該訊息的原始文獻，是西元二世紀一份紙莎草紙殘篇。在她死後七百年，這份殘篇才記載她教導出身愛奧尼亞與利底亞高貴家族的女孩。

　　在保留下來的莎芙情詩中，找不到與教育有關的背景脈絡，縱使在她的斷簡殘編中描述了一個女子們來來去去的世界，也經常提到離別。那似乎是個過渡的場所，可解讀成希臘少年之愛的女性版本，是實踐少年之愛的更佳見證。這種解讀方式也有其優點，能將詩歌中不可否認的女女情愛歸類為課程，為真正之事、為毫無爭議的頂峰預做準備：亦即婚姻。

　　我們不知道漢娜・懷特與安娜・嘉斯吉爾兩人關係的本質為何，一七○七年九月四日，英格蘭西北部塔克薩爾教區的婚姻登記簿上，沒有註記她們締結婚姻，但原因可能在於，基督教婚姻中常用的誓詞出自舊約〈路得記〉：「你去哪裡，我也往那裡去。」而那是守寡的路得對她婆婆拿俄米所說的話。

我們也知道，一八一九年蘇格蘭一所女子住宿學校的學生，指控兩位女主任對彼此做出不檢點的犯罪行為，審判中引用了琉善的《妓女對話》，讓女性間的性行為有了可能。對話中，妓女克羅娜里翁問彈基塔拉琴的女樂手蕾伊娜，她與**蕾絲玻島上一位有錢女子**的性經驗，強迫她巨細靡遺說出和對方做了什麼事，使用了**何種方式**。但蕾伊娜回答：「別要求我說出細節！那些都是語言無法描繪的事。在阿芙蘿黛蒂面前，我不會告訴妳的。」

章節就在這裡結束，問題沒有得到回答，女女之間做了什麼，始終沒說，也不可說。總之，兩位女老師最後無罪釋放，因為法官的結論是，對她們犯行的指控不可能成立，因為沒有工具，就沒有行動；沒有武器，就沒有罪行。

長久以來，女女之間唯有在模仿男女交媾時，才稱得上性交，才會受到懲罰。陽具標誌著性行為；缺乏陽具，只不過是無符號的明顯空缺，是盲點、空格，就像女性器官一樣，是需要填補的洞。

這種空缺的標題，長期以來都以「磨鏡」（Tribade）稱之，那是西元一世紀到十九世紀，出沒在男性撰寫的著作中、行為舉止像男性的女性幻影，這些女人借助異常放大的陰蒂或類似陰莖的輔助工具，與其他女人性交。

就我們所知，沒有任何女人曾經自稱「磨鏡」。

我們知道，文字像符號一樣，意義會有所改變。刪節號六個點，長久以來代表著失去與未知，曾何幾時也意味

著沒說與不可說，不再只是刪除、省略，也有空白的意思。因此這六個點變成了一種符號，要求我們從頭到尾完整思索指涉之事、想像欠缺的部分；它代表無法描繪與緘默不宣，代表有失體統與傷風敗俗，代表指控與推測，代表省略的一種特殊變種：究竟真實。

　　我們也知道，星號是省略的古老符號。這個小星星直到中世紀才擔負將文章段落與相關註釋相互結合的任務。聖依西多祿在他西元七世紀出版的《詞源》中提到：「星號」是文本欠缺處的排版符號，「在有所省略之處插入星號，欠缺的內容將透過此符號閃耀發亮。」今日，這個小星號有時也盡量用來涵括許多人及其性別身分，也就是語法中的性別星號。於是省略變成包含，缺席變成在場，空缺變成意義滿載。

　　我們知道，動詞「lesbiazein」，即「像蕾絲玻島的女子那樣行動」，在古代意指「玷污某人」或「詆毀某人」，以及口交，一般相信這種性愛方式是蕾絲玻島女人所發明。鹿特丹的伊拉斯謨在他古希臘諺語與成語的選集中，將這個希臘字翻譯成拉丁文「fellare」（亦即「吸吮」），並在一旁評註：「這個詞依舊存在，但我認為這種行為已根除。」

　　不久之後，十六世紀末皮耶・德・布爾戴爾（又稱布朗通院長）在他的情色小說《風流女子的生活》中提及：「據說蕾絲玻島的莎芙在一門手藝上是出色的教師，甚至

流傳是她發明的，從此以後，蕾絲玻島女子竭力仿效她，並延續至今。」儘管直到近代，法文「蕾絲玻之愛」（amour lesbien）仍經常用於表達女人對年輕男子徒勞無果的愛，但從此以後，這空缺不但擁有地理上的故鄉，在語言中也找到了歸宿。

我們知道，兩位年輕詩人娜塔莉‧克麗佛德‧巴尼與芮妮‧維文，在一九〇四年暮夏實現長久以來的夢想，一同踏上蕾絲玻島後卻大失所望。她們終於抵達米蒂利尼港時，一台留聲機流瀉又吵又刺耳的法國香頌，島上女居民的形象與粗野用語，都不符合兩位詩人在作品中再三提及此地時的崇高想像。不過她們依然在橄欖園租下相鄰的兩棟房子，漫步在月輝與日光下，讓多年前已經冷卻的愛情死灰復燃，並計畫在島上創辦女同志詩歌與愛情學院。

但是當第三者（一位與維文有曖昧關係、控制欲很強的善妒女伯爵）說要前來，而只能透過電報阻止時，她們的田園生活便結束了。巴尼與維文分開，回到巴黎，兩人從此只能仰賴共同的古希臘文老師充當祕密信差。

我們知道，蕾絲玻島上有兩位女性居民與一位男性居民於二〇〇八年嘗試推動禁令，不准非出身這座島的女性以島名自稱，或者讓其他人以這個島名稱呼她們，結果卻失敗了。他們的主張如下：**我們反對特殊人士任意使用我們家鄉的名字。**

主審法官駁回這個提案，裁決三位蕾絲玻島居民必須

支付訴訟費。

　　還熟悉亞里斯多德於《尼可馬科倫理學》書中描述的蕾絲玻島準則的人，會推薦在面對一般法則不適用於具體情況的案例時，應該效法蕾絲玻島的建築師，因為他們使用能**順應石塊形狀**的鉛製標準量測工具。面對具體情況時，有一種彎曲但有效的尺度，會比遵循光滑平直卻無用的理想來得好。

　　莎芙詩歌的音段標準是每段四行，前三行是相同結構的十一音節，在四個揚抑格中間的第三個位置插入一個揚抑抑格音律；最後一行以阿多尼斯韻腳作結，使得音節起首聽起來十分鏗鏘鈍重，結尾則柔和溫婉；這種格律典型的莊嚴隆重，最後就化成寧靜平穩，甚或是興高采烈。

　　長久以來，在神學家、法律學者與醫學家的文章中，「磨鏡」、「莎芙主義」或「蕾絲玻主義」等詞，多少都作同義詞使用，儘管是用來指稱違反自然的性行為或寡廉鮮恥的習俗，以及後來的畸形異常或精神疾病。

　　我們不太知道為什麼「蕾絲玻之愛」的說法存在已久，只知道這個詞彙及其連結的秩序，將如過往的一切那般蒼白褪色。

　　L是舌尖音，E是最直接向外發出的元音，S是有警告意味的齒擦音，B是爆開緊閉雙唇的聲音⋯⋯

　　在德語字典中，「lesbisch」（女同性戀的）這個條目就列在「lesbar」（淺顯易讀的）後面。

貝倫霍夫
貝倫家族的城堡

*古老的貝倫家族，因其家徽形狀，故也有「鵝頸家族」之名。其中一支子嗣居茨科，自十四世紀以來，便擁有格來斯瓦德附近、波美拉尼亞的布斯道夫絕大部分地區。

一八〇四年，瑞典－波美拉尼亞的斯特拉頌政府，許可這一區改名為「貝倫霍夫」，將貝倫家族騎兵上尉約翰・卡爾・烏里希的大莊園，轉為遺產信託，以利其孫卡爾・菲力克斯・格歐蒿繼承，並規定此繼承權永為長子所有。

卡爾・菲力克斯・格歐蒿根據辛克爾的學生弗里德里希・希齊格的藍圖，在老莊園後面建造一棟晚期古典主義風格的兩層樓新貴族宅第，於一八三八年竣工。一八九六年，這棟莊園由一八七七年獲得普魯士伯爵頭銜的卡爾・菲力克斯・沃爾德馬擴建，兩側簷廊也擴寬，並加蓋樓層。

卡爾・弗里德里希・菲力克斯為貝倫家族最後一任伯爵，曾經擔任帝國郡長及多年帝國議會議員，於一九三三年逝世。其遺孀梅喜希爾德・馮・貝倫伯爵夫人於一九三六年至一九三九年提供貴族宅第給認信教會舉辦講座。神學家迪特里希・潘霍華據聞多次造訪此處。

†一九四五年五月八日，莊園起火。後來居民再利用燒毀的建材，建造了新農舍。

一八四〇年至一八六〇年間，根據彼得・約瑟夫・萊內的
藍圖所建置的九公頃大景觀公園，如今受到文化遺產保護。

　　我想起那扇敞開的窗戶。那是夜裡，空氣沁涼。夏夜
裡一扇敞開的窗戶。天上不見月亮，只有街燈迷濛的亮光。
有土的味道。或許剛下過雨。我不記得了。

　　我母親說，那天是七月三十一日。她十分篤定，因為
七月三十一日是克絲婷阿姨的生日，那天傍晚她在對面一
間莊園工人房慶祝生日。她還說，那天肯定沒下雨，天氣
好得很，一整天陽光燦爛。七月嘛。

　　連天氣記錄也顯示那天炎熱，根本是個溫暖而且非常
乾燥的夏天。

　　一九八四年夏天。那是我最初的記憶，我知道，我認
為，我堅持。我可以打電話給克絲婷阿姨。她還活著，就
像我媽和我兩個父親一樣。一個是生我的，另一個是那天
晚上幫我摔斷的腳冰敷又包紮紗布的。

　　我在墓園裡玩耍，墓園坐落在蒼鬱的丘陵之間。我藏
身大石塊和墓碑後面，蹲在開著花兒藍白閃爍的植物裡。
一個佝僂走著而顯得矮小的老婦人，將枯花和乾掉的花環
丟在堆肥上。她拿著澆花錫罐在水龍頭底下接水，然後消
失在黃楊樹籬後面。

　　我彎下身，手指滑過平坦石頭，撫摸雕刻字母那粗糙

的凹痕，等待著不可能的事。我等待被人發現。我心裡這麼希望，卻又感到害怕。

整個童年，我們都住在鄉下一個農村氣息濃郁的地方，這些地方將昔日的榮耀隱藏得嚴嚴實實。那時，我們也住在一個村子，在古老教堂司事宅邸的樓上，比鄰建有高聳靠細岩聖壇的無塔教堂，離唯一的公車站只有幾步遠。我們的院子就緊挨著墳場，沒有籬笆隔開兩邊的肥料堆。記憶中，我始終獨自一人。一個人在墓園裡，一個人在紅色高牆圍繞的果園裡，一個人在石堆上；母親說，我那天應該一次又一次從石堆上跳下來。

但是沒有人來，奇蹟並未出現，就和往常一樣。我從小苗圃摘了幾朵花，從地上拔下三色堇，從插在土中的尖型塑膠花瓶裡抽出幾枝鬱金香。

我有所感覺，但什麼也不知道；至少不知道花兒屬於已經不在的人，屬於躺在木箱中、埋在地裡腐朽的死者。我帶著花束回家，被母親罵了一頓，但是她沒解釋為什麼要罵我。

我還不認識死亡。人會死，我自己有天也會死去，這一切全都超出了我的想像力。過了一段時間，表哥向我透露這個祕密，但我根本不相信他。我確定他偶爾聽到了什麼，卻誤解了意思，他老是這樣，還一臉賊笑，十分確定自己說的事情。

我頭暈腦脹，穿過我們現在住的新房子，跑到廚房問母親：人真的會死嗎？所有的人總有一天會死，包括我在內？她點頭說「沒錯」，聳高肩膀。我看向垃圾桶，莫名地想像死人最後會落到那個桶子裡，變成乾扁萎縮的東西，最後被垃圾車清走。雖然沒人說話，我仍摀住耳朵，跑進了走廊。暈黃的光線從條紋玻璃透進來，落在樓梯間布滿灰塵的盆栽上。

我遮住眼睛，坐在鄰村遊樂園的幽靈火車上，父母帶我來的。他們的兩個學生坐在我左右兩旁，一個男孩和一個女孩。

火車潛入黑暗中時，我把臉埋在交疊的雙臂裡。一陣涼風吹拂我的肌膚。吱吱嘎嘎的聲音傳來，車子在搖晃、滾動，還有尖叫聲。我感覺到壓著眼瞼的皮膚，眼睛閉得更緊了，好一會兒不敢呼吸，嘴裡胡亂哼著、等待著。彷彿過了一輩子。

忽然有人拍我。母親的聲音響起：「結束了。」我睜開眼，我們又回到了戶外。我從頭到尾都閉著眼睛呢，我不無驕傲地說。我騙過了，我以智慧戰勝了恐懼。浪費錢，母親邊說邊把我抱出車子。

我在庭園裡的蘋果樹間玩耍，摘下許多黃色蒲公英，用黃色汁液為指甲上色。我在堆肥前發現一顆全身是刺的

球。它在呼吸，是活的。

　　母親把一小碗牛奶放在球前面，球立刻轉變成了奇特的動物。我們蹲下來。圓圓的烏黑眼睛盯著我看。我感覺母親的手放在我頭上。一個尖尖的鼻子在找牛奶，然後粉紅色的小舌頭迅速伸了出來。那隻動物吧嗒吧嗒吸著，身上的刺晃個不停。

　　我日子過得很滿足，什麼也不期待。母親想要個小孩。但我印象中沒看過隆起的腹部，也不記得有男人的手輕撫圓滾滾的曲線。根據日期，她一定懷孕過。照片顯示她懷孕中。那個不可能涼爽的七月夜之後的一個月，我的弟弟應該誕生於世；祖母接完醫院打來的電話，穿著暗藍色的晨袍，站在臥室門旁，第一次說出他的名字。

　　我坐在祖母床上，聽到那個對我沒有任何意義的名字後，又轉回去看口紅，那些收藏驚人的小小圓柱體閃亮耀眼，祖母就擺在床上方的木格櫃裡。

　　臥室裡窗戶敞開，但是大門關著，閂得緊緊的，鑰匙沒有掛在鑰匙板，也沒放在餐桌上。我醒了過來，爬出嬰兒床，打開臥室的門，整個房子找了一圈。所有的房間都是暗的，窗戶也全關著：客廳裡半圓形的老虎窗、廚房裡的小天窗，還有無窗儲藏室的漆黑孔洞，父親將儲藏室整理成工作室。

　　沒有其他房間了。浴室在地下一樓。我們和住在閣樓
的薇歐拉阿姨共用浴室，也共用廁所、咕嚕作響的熱水
爐、四腳浴缸，以及前面的竹席。薇歐拉阿姨在公園北端
由老宮廷馬廄改建的學生食堂工作，那是棟黃磚屋，大門
上方左右兩側有石製馬頭。以前是馬吃糧草的地方，現在
是我們每天吃午餐的餐廳。我們排成長長的隊伍，有幼稚
園的兒童、小學生和老師，半個村子的人都來了。薇歐拉
有一頭金髮，塗上紫色眼影，還有個貨車司機老公，總在
週六晚上回家，週日又出門，是個沒有臉龐的大塊頭。小
學位在公園後面，是兩棟新建築，有一排排長長的窗戶。
我父母就在那兒教書，克絲婷阿姨也是。公園廣闊，屬於
已不再存在的城堡所有。克絲婷阿姨和薇歐拉阿姨不是我
真正的阿姨，只是這麼叫而已。

　　城堡原本也不是真正的城堡，而是貴族宅第，延伸廣
泛的兩層樓建築位於農莊中心，旁邊有馬廄、羊欄、牛棚，
以及家務屋與兩座糧倉。從鄰接村裡街道的熊雕像大門進
來，有一條菩提樹小徑直通那裡，穿過公園北區，村民不
准從這裡進來。我幼稚園所在的位置，應該曾是寬敞的引
道，大門前綠草如茵的圓形廣場當年也是車道，前有一座
八柱撐起的露台，窗戶上方裝飾著三角楣飾，房屋正面爬
滿了葡萄藤。

　　窗戶敞開著，大門卻關著，門閂插上了。我伸直手臂，
抓住門把往下壓，但是門仍文風不動。

　　我想起客廳那面擺放系統櫃的牆，想起爐邊角落靜靜的玩具，想起搖椅驟然凍住，想起整潔有致的超大娃娃屋。只有臥室的窗戶是開著的，屋外的空氣沁涼透心。

　　教堂就坐落在正中心，但大家只是經過，沒人從紅磚牆上方探望，沒人望向墳墓和十字架。只有幾個駝背的老婦人穿越吱嘎響的門，走向墓園。我們就住在教堂旁邊。但是教堂顯得毫無意義。大理石和霏細岩砌成的龐然建築沒有意義，斜對面的神父宅沒有意義，拔地而起的木製鐘樓沒有意義，週日的鐘聲沒有意義，教堂墓地鏽跡斑斑的歪斜十字架沒有意義，鍛鐵大門後方伯爵剝蝕的墓室、蕨類間立著的十字架、已沒人坐的脆弱長凳上方的石製半浮雕天使、刻著箴言的石板，也沒有意義，即使母親有次給我念了上面的文字，我還是不明白：「愛是永不止息。」它們都是遺物，來自永遠被征服的往昔。

　　村名來自一個古老的貴族，居茨科伯爵與波美拉尼亞公爵的封臣──在一封授予采邑的證書上寫著：「勇敢、摯愛與忠誠的騎士。」

　　這些是童話詞句。寫得密密麻麻的石柱上，記載不斷開枝散葉的家譜。貝倫家族，是鄉紳與膳食總管、是侍從官與伯爵、修道院長與教授、邦議員和市議員、大學學監與指揮官、內侍與騎兵上尉、侍從官、士兵、元帥、少校

與上尉、少尉——參與波蘭戰役，加入民兵、瑞典禁衛軍，服役於丹麥與法國軍隊。女性有修女、修道院院長、船長妻子，甚至詩人。不過最重要的是，他們還是此地的主人，有他們的領地、家業、穀苗、動產與牲畜。這片騎士封地不能繼承，而是復歸於古老宗家，宗家長子永遠比弟弟重要，女兒則幾乎無關緊要。他們有貨物可以出售、交換、保留、購買，並為之繳稅或借貸。有時候，他們簽署采邑書，在厚紙蓋下印鑑，黏呼呼的一團，紅得像牛血：印出兩隻天鵝間一頭跳舞的熊。

我母親的祖先經營農場，或販售牲口與木材，也有運貨商與肉商，還有林務員、板道工、水手。生我的那個父親，祖先有磨坊主、裁縫師、車匠、家庭木工、步兵、幾個醫生、女裁縫、漁夫、鐵道員、化學家、建築師、工廠主、戰後成為公墓園丁的軍火商。

我們只在這座村子住了一年，不過那是我記得的第一年。母親說，我們院子旁邊是墓園，不是公園；隨後又補了一句，還有一道斷牆的殘骸。

有人說城堡是戰後炸毀，也有人說是戰爭結束前燒毀，所有的財產都付之一炬：接待大廳裡的華麗吊燈、通往兩間沙龍的水晶玻璃門、深色家具、書籍、銀器、瓷器、黃金鏡子、古地圖，以及掛著先人巨幅肖像的畫廊，男士神情嚴肅，騎著威猛的高頭大馬。

我們家沒有老東西，也沒有傳家寶。只有我們住的房

子是老舊的，每晚都能聽見閣樓梁柱上貂鼠的聲音。我父母在等一間大樓裡的住所，就位於天鵝湖後面，有三間房、中央空調，以及熱水源源不絕的浴室。他們在等候名單上。時間不多，孩子沒多久就要生了。

老房子因為年久老舊，一夜之間倒塌並不稀奇，例如去年秋天崩塌的消費合作社，屋頂就這麼坍了下來，隔天早上費很大的力氣才把門推開。我記得許多人聚集在合作社前，店員、顧客，以及穿印花罩衫、手裡拿著癱軟購物網袋的婦人、跑來硬是從廢墟中挖出罐頭的男人。他們把布滿灰塵的貨物裝進手推車，將罐裝食物、麵粉袋和牛奶車送來的瓶罐，堆疊在我家左邊門廊一處散發霉味的陰暗空間。緊急販賣開始了，一整天燈火通明。我們即使在樓上也聽得到收銀機的叮噹聲。

我穿著一件亞麻無袖背心，印有橘色小花圖案，一條鬆緊帶將背心固定在臀部。我記得敞開的窗戶，記得溫吞的空氣，因為那時並不涼爽，不可能涼爽，一絲清新的空氣也吹不進來；因為那是七月，克絲婷阿姨過生日。我不知道薇歐拉阿姨怎麼沒來看我。我那時三歲半，將近四歲。四隻伸直的手指，幾乎就是一整隻手了。

我不記得堆高的磚塊，也不記得院子裡有石堆，讓我在那天不斷愈爬愈高，又一次次往下跳。我只看見敞開的窗戶。窗台到我的胸口。我想要爬上去，但是太高了。我後退了幾步，心想：「茱迪思，妳不笨。」然後說出：「妳

不笨。」我一遍遍說著，一開始悄悄對自己說，接著大聲說出來。這句話把我引到廚房，我抓住一把餐桌椅，在磁磚地面推著，發出嘎吱巨響；再拉過門檻，在客廳的橘色地毯上又拖又拽，再拉過門檻，進入臥室，經過雙親的大床，來到敞開的窗邊。我腦中浮現童話中那個淘氣鬼海威曼，但是我的睡衣不是帆，我的嬰兒床也沒有輪子，一整晚都停在爐子旁邊。我透過欄杆往下看，胸膛靠在窗台上。我是海威曼，但是用母親聲音問我夠了沒的月亮，躲在一朵雲後面，雲邊泛出銀光。沒人能阻止我。我爬上椅子，腳上穿著燈芯絨做成的暗藍色室內鞋；接著爬到窗台上，蹲下來，鞋尖露在外面。我不等了，我什麼都不等。我沒有望向街燈，也沒有看蘋果樹枝椏；視線只是往下，看著鋪石路面和下面的斜坡。

　　母親從醫院回來，沒有抱著孩子。她搭火車到新的村子，那裡不是只有一個公車站，還有火車站。她經過教堂，鸛在教堂旁餵食幼鳥；經過消費合作社，這裡已蓋起新建築，前面的水泥廣場上設置了腳踏車架。不過，那兒已站著印花罩衫婦女。她們往她的方向看，交頭接耳：貝倫霍夫來的老師，現在搬到新大樓了。她們招手要她過去，問她孩子是不是死胎？她們一下講標準德語，一下又用方言問道：「囝仔是不是死了呀？」

　　有個老婦人發現了我。她拄著手杖，向我彎下腰，

問：「囝仔，妳在做啥傻事呀？」

　　母親沒有抱著孩子回家來。她其實不是回家，因為我住在祖母家的那個星期，父母遷入鄰村的新房，距離七公里，無限遙遠。公里，是最大的單位，就像年一樣無法想像。我三歲半，將近四歲。我會知道，是因為弟弟在我四歲生日前不久看見了世界的光，或者應該說，看見了格來斯瓦德婦幼醫院日光燈的光。但沒多久，換上紫外線燈的黑光照著他泛黃的皮膚。新公寓有浴室，但沒有中央空調。地下室有前房客留下的煤炭，分量還很充足。

　　臍帶像條蛇般纏上小孩的脖子，延遲他進入世界的時間，接著情況惡化，危及萬分，雙手和嘴唇已經發紫的嬰兒若能活著出生，簡直堪稱奇蹟。

　　我想起曾經做過的噩夢。我在水底，沉得愈來愈深，頭上是一層冰。我想起看過的電視卡通，有個女人跳進沒水的泳池，四肢像洋娃娃一樣斷飛。直到今天，那個畫面還是引起我無名的恐懼。

　　我不知道死亡是什麼感覺。我問新幼稚園裡的老師，一個滿頭鬈髮的高大女老師。

　　她搖搖頭說：「我不知道，我還沒死過。」

　　我想知道埋在土裡的死者發生了什麼事。「他們會腐爛。」我不懂腐爛是什麼意思。

　　她解釋，就像皺巴巴的蘋果，蟲和蛆遲早會鑽進去，

吃光蘋果。

　　我不由得想起家中廚房裡的廚餘桶。她又說：「但妳感覺不到，因為妳已經死了。」

　　魔鬼是加熱的牛奶上結的那層膜，是村裡結凍池塘上的那層薄冰，是院子裡十幾隻黑得發亮的蛞蝓。死神是穿著印花罩衫的一個老嫗。命運女神們包著頭巾，拄著手杖，口操方言。她們問起夭折的嬰兒，問起在做啥蠢事，還拿釘齒耙平英年早逝丈夫的墳墓。

　　貝倫家族曾是勇敢、摯愛與忠誠的騎士。有人說他們的城堡毀於大火，也有人說被炸掉了。有個熟知詳情的老婦人說，當年蘇聯人入侵，老伯爵夫人逃走之後，村民闖入城堡洗劫一空，再放火燒了。他們奪走拿得動的一切：接待大廳裡的華麗吊燈、兩間沙龍門上的水晶玻璃、深色家具、書籍、銀器、瓷器、黃金鏡子、老地圖、畫廊裡先人的巨幅肖像（畫中神情嚴肅的男士騎在威猛的高頭大馬上）、印有伯爵徽章的銀菸盒（灰色盾面上有頭站立的熊，前掌舉起像在打招呼，盾頂的盔帽上有兩隻曲頸相背而立的天鵝）。

　　我掉在蕁麻叢上，腳還套著室內鞋，腿部一陣刺痛，感覺麻麻的。是蕁麻造成的麻熱。街燈映出一個佝僂老婦的剪影。瀝青閃閃發亮。剛下過雨。

　　不久前，我讀到有人定居的地方，牆壁和廢墟瓦礫就會長滿蕁麻。蕁麻一如大部分的多刺植物，自古就拿來驅魔。老普林尼寫道，只要在挖掘蕁麻時，念出病患的名字，並補充他是誰的孩子，就可以治癒玫瑰疹。我不知道我是誰的孩子。

　　是刺眼的臥室燈光，還有光滑漆面下有木紋的衣櫃。我躺著，像瓢蟲似地抬高雙腳。一旁是我父母，看起來比平時更加龐大。他們沒有看我，只盯著我纏上繃帶的腳。小腿刺痛，腳都麻了。他們的臉是有髮型的明亮區塊。

　　什麼也沒摔斷，X光片毫無疑問證明了這一點。沒人說這是奇蹟，母親沒有，縣裡的醫生也沒有。護士用氧化鋅繃帶包紮我扭傷的腳，在我的預防接種證明上蓋章。第一頁貼著三片繃帶，上頭工整寫著我的名字和位於鐵路沿線村莊的新家地址。那是我母親的手寫字，清晰易讀的老師筆跡。

　　什麼也沒摔斷，但是我好幾個星期無法好好走路。我瘸一跛，伸長雙臂保持平衡。母親把我抱起，我的雙腳纏在她臀部上，她肚子裡是未出生的孩子。

　　日後，父母經常聊起這件事，叨念我跳下來給他們帶來多少麻煩。但沒人談到幸運或奇蹟，因為在那個鄉下、那個時代，沒有奇蹟這東西。

　　我不認識上帝，也不認識天使。我第一次看見天使，

是在一位老太太小得不能再小的床鋪上方，框在玻璃後面的彩色畫中，那時我已經上小學了。那幅畫是遠古時代的遺物，晦暗得一如以靠細岩蓋成山牆和基座的莊園工人房，遙遠得像另一個世界。在那世界裡，一位有鸛翅的長髮男子，身穿彩色長袍，臉頰光亮，一頭金色鬈髮，雙眼熠熠發光，在月色皎潔的夜晚，領著孩子過橋。

吃晚餐時，我久久盯著母親看。她真的是我母親嗎？難道不可能只是她堅稱自己陣痛好幾天後生下我罷了，就像她平時掛在嘴邊那樣？難道不可能只是她在某處發現我，把我帶回家，甚至是從我真正的母親身邊把我奪走，而那母親仍在某處等著我，就像童謠〈小雞〉中，等待小雞快快回家、傷心欲絕的母雞？

我觀察她怎麼幫我塗麵包，將麵包切成小塊，放在我的小餐板上；我觀察她的棕色雙眼以及隱藏著心事的嘴唇。我跑進浴室，站在兩面鏡子之間，看著無限延展而去的鏡像，尋找著類似之處。

這真是個謎，但我連問題或怎麼提問都不懂。問題是敞開的窗戶，答案是敞開的窗戶。還有，從四公尺的高處往下跳。

幾年後，我病懨懨躺在祖父母家的床上。那時正好放假，客房沒有開暖氣。我發燒了，全身痠痛。他們請來醫

師。是個高眺的男人，蒼白的手放在我的脖子上，目光堅定，久久打量著我。他的嗓音輕柔，眼睛深邃，彷彿有人把它們往眼窩裡推，所以更迫切地想往外看，在鏡片下異樣放大。那眼神似乎想對我說些什麼。那隻手從皮夾拿出一張照片。照片上有個孩子，小腿緊纏著白長襪，手裡拿著一把大傘。我點點頭，什麼都不懂。那是個謎，但我連問題、提問都理解不了。照片上的孩子是我。醫師是我父親，但是，他其實不是。

　　三十多年後，一個料峭春日，我拿著摺尺，丈量教堂司事宅邸的正面，訝異發現真的是四公尺，不多也不少。樓上的窗戶現在更寬了，斜對面的老神父宅邸目前出售中，從簷廊可以看見一望無際的田野，地貌平坦，是牧草、沙質土壤的耕地。有個人走過來，透過窗戶的毛玻璃指著神父宅邸內，口裡說「硝酸鉀」，聽起來就像死刑判決。這時我才發現牆壁結了一層白泡沫，看起來彷彿傳染病。

　　我第一次走進教堂。聖壇北牆畫了一幅地獄深淵，青蛙、蛇與人類紛紛跌落其中，被詛咒的靈魂遭火吞噬。前面寶座端坐著豬面地獄侯爵，手執權杖與閃電。

　　從窗戶跳下去是我第一個記憶嗎？我向母親問起刺蝟的事。母親說，刺蝟是在前一年秋天出現的。但是我清楚記得刺蝟，只能說那個七月夜晚不是我的第一個記憶，而

是那隻神奇的動物。

　　兩頭石熊仍舊端立在公園入口兩側的灰泥石柱上，前爪舉著被風化的盾牌，那是最後一位伯爵的徽章。一條菩提樹小徑通往公園。鵝卵石幾乎陷進土裡。繁花怒放，杜鵑、歐洲栗樹與木蘭花、兩株紫葉歐洲山毛櫸，甚至還有一棵紅櫟木與美國鵝掌楸。地面上，盛開的雪片蓮、雪花蓮與銀蓮花鋪成一道白色長毯。

　　我在運動場邊一道高度及腰的牆上，發現長滿苔蘚的石塊。那一定是城堡遺跡；儘管只剩下地窖圓頂，但一定是曾為城堡的宅第遺址。公園南區，兩座人工小島前，一雙天鵝悠然游著，如詩如畫。

巴比倫
摩尼七經

*西元二一六年，摩尼誕生於底格里斯河畔泰西封附近的巴比倫地區，雙親是波斯人。父親在幼發拉底河下游猶太基督教一個厄勒克塞派將他撫養長大。摩尼非常早就獲得了啟示。二十四歲時，他離開厄勒克塞派教團，開始傳道，找到了門徒，也樹立了敵人。他在全巴比倫、米底亞、岡薩克與波斯宣揚教義，也深入印度與巴特，遠抵羅馬帝國邊界。

摩尼受到薩珊國王沙普爾一世和其子霍爾米茲一世的資助。但西元二七六年或二七七年，他們的繼任者巴赫拉姆一世受到祆教祭司的影響，將摩尼打入大牢。摩尼入監後第二十六天過世，屍體遭到肢解，頭顱被砍下，掛在貢德沙普爾城門口腐爛。

摩尼教從兩河流域傳開來，進入地中海區，直至西班牙、北非，以及中亞細亞、中亞，沿著絲路深入印度與中國。摩尼教的教義融合不同的信仰，在波斯結合祆教，在西方結合基督教諾斯底教派，在東方結合佛教。在古希臘羅馬時代後期，摩尼教的信徒遍布三大洲，成為世界性宗教。

†鮮有資料記載摩尼教為何沒落，其文獻在古希臘羅馬時代與中世紀慘遭銷毀，各地的摩尼教信仰受到壓迫，信徒也遭到迫害。西元三八二年以後，西羅馬帝國將供認信仰摩尼教

者處以死罪。中國到西元八四三年才禁止摩尼教，但是摩尼教在東土耳其斯坦撐到十三世紀，在中國南方甚至留存至十六世紀。

雖然摩尼的書以東阿拉姆語寫成，有希臘語、拉丁語、科普特語、阿拉伯語、巴特語、中古波斯語、粟特語、維吾爾語與中文等教義譯本，但是全都逸失。只有《徹盡萬法根源智經》的開頭、《律藏經》的殘頁、《大力士經》的斷簡殘編，以及幾篇中古波斯語寫成的教義《二宗經》流傳下來。因此，有很長一段時間需仰賴摩尼追隨者的見證與後來阿拉伯百科全書的作者，才能重建摩尼的教義。

直到一九〇二年，在中亞綠洲吐魯番，挖掘出保存不良的摩尼教文獻抄本殘篇。一九二九年，在埃及綠洲法雅姆附近發現的科普特語摩尼教藏書，後來絕大部分收藏在柏林。部分尚未鑑定的手稿，包括摩尼親筆信的書卷，在二次世界大戰後運送到蘇聯途中，再次遺失。

如果神聖事物只為聖人顯現，那麼就是此地：沙漠烈焰當空，正午炙陽閃顫，在幼發拉底河一條蜿蜒支流河畔，蓬鬆凌亂的椰棗樹下。幼發拉底河廣大磅礴、支川交錯；暮春時，北方山岳雪水融化，匯聚成飛湍急流，偶爾漫過堤防，淹沒大壩，將驚人的水量抽進分道愈來愈細的灌溉系統，深入雨量貧瘠及缺雨的遙遠窪地，灌入人工水槽，滋潤休耕地，轉動水輪車，使種子茂盛生長，確保一年收

成兩次，給這片土地帶來財富與聲望：穀物、堆積如山的石榴、無花果與椰棗，裝載在數百艘竹筏上順流而下，幼發拉底河於泥濘的三角洲及其孿生之河會合，水量更加洶湧，奔向出海口。

這裡是濫觴之地，是文化沖積地，吸引頭顱沉重、雙手自由的始祖來此，把他下顎寬闊、鼻孔怒張、人猿眼上方眉骨憂愁隆起的親戚，驅趕到北方，使其爬進那兒的洞穴，以石製武器和啃光的骨頭武裝自己，在無人哀泣下死去。部族四處流浪，在崎嶇曲折的移動中，形成了模糊的秩序；從烏合之眾形成了民族，在蜿蜒流淌的河畔築起一排排聚落，宛如編織精美的長繩上的成串珍珠；每一處自為帝國，志同道合者組成共同體，開始分擔工作，共享報酬、收成與利潤——缺乏石頭、木材和礦產時，便以黏土創造世界：有塗上灰泥的蘆葦屋、供無鞋步兵使用的簡單圓形建築、獻給滿臉虯髯王族的四角形宮殿、狂風呼嘯的碉堡與塵土飛揚的金字型神塔，鋪設藍釉磚瓦的繁華大道由牛頭人與有翅獅子看守，柔和凸起的浮雕是雙手抱胸的長袍祭司；黏土板上寫滿娟秀的符號，彷彿潮溼沙地上鳥的足跡。

就在那些亞當族人在野生綿羊身上摸尋珍貴柔軟的羊毛，從禾稈折下單粒小麥的麥穗，將二粒小麥外殼收集在彩繪陶碗裡，播種前總先拿彎曲的鋤頭鬆開土壤的同時，局勢也安頓下來，開始儲藏庫存，宣告財產，圈養牛隻，

馴服野馬，並且首次丈量土地，將收成分配給來年。伴隨
宗族共同體而來的是宗族經濟，蜂蜜汩汩流淌。石器時代
接近尾聲，銅器隱隱閃爍，鐵器閃閃發亮。時代的顏色先
是金，而後灰。愈是安土重遷，愈是汲汲尋覓，渴求真理
和意義，內心的不安騷動，新奇得一如日日傍晚吞沒太陽
的地平線。他們凝視黑暗，看不見陸地，只有眼皮後方跳
動的幻影，以及被瑩瑩星光穿透的無底幽暗，吞噬掉膽敢
靠近的一切。世界是晝與夜，是熱與冷，是飢餓、乾渴與
飽足，是能幹自轉的拉胚機，是木製車輪，是在溼潤陶土
上刻寫的蘆葦尖，字跡就像牛隻耕田似的。

　　初始，能確定的只有勞動，生生不息的偉大永動機，
一旦啟動，便能獲得能量，使河水高漲，流入大海、升抬
至天，進入巨大的循環，令季節更迭，有史以來即雙雙而
立的二元概念再度回歸，扮演天地、父母、兄弟姊妹、一
對神衹，兩隻巨怪，水火不容。太初前荒涼混沌的虛空，
似乎比單調的對立法則更豐富；對立法則猶如詛咒重壓在
人身上，從此以後，人必須在採集與狩獵、開墾耕地與放
牧、燃火和開井之間做出決定。沒人說得出，在深處、在
存在的底部，有什麼正等待著領悟。初始時，無論是狂亂
的混沌或張開的虛空，是兩者皆有，抑或無一有之；創造
時，無論是漫無計畫或目標明確，都是歷代眾神競爭的結
果，是老與少之間戰鬥的結果。

　　從此處展開的宇宙起源論，多不可數又相互矛盾。而

統一所有宇宙起源論的，是此世界不完美的想像。一條大得無法否認的壕溝，一道痛苦的深淵，橫在眾神與被丟到此世的人類之間，橫在完美無瑕的永恆靈魂與易腐且爛的肉體之間。問題存在已久，如今卻更加迫切：人是什麼？從何而來？去往何處？這個世界何時又為何擔起了罪孽？

　　永無止境的乾旱證實了人有罪。種子長成二、三十倍，春雨將荒原變成一片花海的時代已然不返。水堵塞在淹沒的田野，泡爛莊稼，湍湍不絕的水流將沙子沖刷到南方河岸，導致大海逐漸後退，留下痂痕斑斑的沼澤地。天空時而下雨，時而不雨。水位上漲若高於平時一個胳臂，洪水將提早到來，淹過低地，漫過堤岸，破壞莊稼，大河只滋養了饑荒與痛苦；以及那場關於大洪水的記憶，在驚濤駭浪上，用樹脂密封的木箱裝著一些被選者，飄向一個新的萬古永世；在那個時代，有個神戰勝其他的神，儼然國王似的頒布法律：沒有條件，就沒有結盟；沒有合約，就沒有信任。

　　但是那神的情緒變化無常，一如這條河的流向，矛盾牴觸一如先知從跳動的羔羊肝臟與閃爍的群星上解讀的未來訊息。因為在這片草原勁風、河谷肥沃的廣袤平原，景象曾經凝聚成文字，處處是需要破譯與解讀的符碼。那是命運的訊息、來自天空的信息；那片一望無際的草原青空，現在開始說：稱它是靈，稱它是風或者氣息！天使說話時，就應該傾聽。在幼發拉底河下游一處棕櫚林中，有個和置

身聖廟學者中的少年耶穌差不多大的孩子，挺直身子，傾聽一個聲音對他說：「你是光的使徒，最後的先知，是塞特、諾亞、以諾、閃、亞伯拉罕、瑣羅亞斯德、佛陀、耶穌、保羅、厄勒克塞的後人，以及他們理論的集大成者。」那是自吹自擂般的啟示。天使誇誇其談，那麼小男孩呢？他恐懼不安，要求證明。這時，天使做了天使該做的事。他安慰男孩，送出預兆和奇蹟，讓棕櫚樹像人一樣說話，蔬菜像嬰兒一樣哭喊，還向他揭露世界隱藏至今的祕密：世界大戲，是光明與黑暗的較量；而這種存在，無非是兩個時代之間的過渡。

只要願意，就能理解。而男孩摩尼願意。他願意接受分派給他的位置，成為光輝榮耀的句點，一連串偉大先知的最後一位。但因為沒人相信一個小孩子，所以需要等待。時機尚未成熟之前，被選者該做什麼？他預先做好準備，研究先人的傳世之說，所有的偉大人物，如苦行者、先知、半神。他們完成許多豐功偉業，但最後仍註定失敗，因為現在換他受到召喚，去完成他們的未竟之業。

人人皆能苦行、捨離世界、對抗魔鬼。聽見神之話語的人不少，也有不少宣達給世人。然而，即使是天使帶來的訊息，也會煙消雲散。當訊息隨著時間逐漸消散時，日後誰來彙整，布傳其承載的智慧？談話淪為閒聊，願景淪為幻影。天使說，欲成真理，必先記錄下來。摩尼想，欲留存真理，必先記錄下來。唯有文字才能經久流傳，重如

吸攝住它們的材質，如黑色玄武岩碎塊、燒硬的陶版、揉壓過的紙莎草纖維，或棕櫚的硬葉片。

歲月流逝。知識開闢出自己的道路，揭露面紗，內容催出形式，手工催出藝術，文字催出著作。摩尼意識裡突如其來浮現一個清楚的形式，圓滿得彷彿圓規畫出來，完美得就像他的學說，融合了起點與終點，協調了循環思考與線性思考。

已是暮秋，摩尼的時機終於到來。幼發拉底河靜臥在祖傳的冬床上，已成鬆軟無力的涓涓小溪，流淌在寬闊多沙的河床窪地，被人遺忘她曾經孜孜不倦轉動螺旋幫浦，將河水注入空中花園的七層露台。

摩尼動身前往北方，來到他出生的底格里斯河左岸城市，穿越帶翼石人雕像看守的大門，混入蜂擁而來的人群中，抬高聲音說出自古以來先知所說的話：「你們是世上的鹽。你們是世上的光。跟從我的，必不在黑暗中行走，必要得著生命的光。」

眾人停下腳步，說不上來什麼原因，也許是因為炎熱提醒他們要歇會兒腳，抑或是摩尼那吸睛又引人反感的怪異身形，即使只是擦肩而過，目光也忍不住黏在那隻畸形腿上。不過，也可能是他傳遞的訊息，在訊息的光中，各種陰影盡然褪去，一切轉成黑或白：靈魂善而惑，物質惡而腐，人類是兩者的合金，渴望救贖與淨化。這是一種創造出清晰透徹、許諾純淨的對照，能黯淡如其所是的世界，

同時讓一個遙遠卻確定的未來熠熠生輝，未來主張自己不過是恢復失落的完美遠古時代。這是在佳音處處的國度裡的佳音，是福音源源的時代裡的福音，是許許多多問題的答案。在日正當中、即將午休的這一刻，摩尼在眾人臉龐上讀出那些問題。他知道，在這片土地上，唯有懂得從頭講起，才有人願意聆聽，於是他開始講述萬物的起源：太初之始，世界形成之前，萬事太平，微風輕拂，清新芬芳；光彩斑斕，恬淡靜謐。掌管那個國度的神，是位永恆的善神、偉大之父、光明之主。長久以來，這座樂園始終寧靜安適，沒有人因為南方那個喧鬧不休的幽暗小國而倍感不安，小國的各地侯爵連年交戰。雙方勢力相安無事：光明自我清亮，黑暗自我怒懟；一方實現了目標，另一方也滿足了目的。直到某日，沒人能指明具體的時間，黑暗入侵了光明，雙方陷入混戰，靈魂與物質對抗。第二個中世代開始了，偉大的世界舞台揭開序幕，人於是被困於此時、此地、此日。

摩尼說的是東阿拉姆語，語調輕柔起伏，但句句尖銳見骨，不容置疑：他再度重申，世間萬事均為善與惡、光明與黑暗、靈魂與物質的混合，是兩種如生死般彼此相離的本質。因此，人於此世，不應有歸屬感，不要建蓋房舍，不要生兒育女，也不要吃肉，更勿沉溺於肉欲，一切只採取最低限度的行動，盡可能減少與物質的接觸。因為光是耕地、割菜、摘果，是的，甚至只是踩到一葉小草，都會

傷害涵蓋其內的一絲火光。

他驀然不語，傾聽自己的話引發的效果。一個好的演說家，知道什麼時候應該緘默。

於是，他很快歸隱於先知們蟄居的沙漠周圍一個山洞裡。他左腳跪坐，走路時不聽使喚、從小就拖在身後的右腳伸向前支著。接著，把手抄本放在腿上，解開繩子，翻開書，拿起蘆葦筆置於空白頁上，無需輔助線便寫了起來。他寫下幾行自己發明的文字，字跡工整娟秀，千年之後，肉眼雖無法辨識殘餘的字跡，但是在放大鏡底下卻清晰銳利，纖毫畢現。

摩尼繼續翻頁，刷毛往紙莎草紙上一點，畫起黑暗的群聚本質與世界的初創：光明之主剝下被殺眾魔鬼的皮，覆蓋穹蒼；以魔鬼的碎骨造成群山，乾癟的肉體鋪成大地，將戰鬥中釋放的火光變為日月。他也畫出那位神的使者，推動宇宙運轉，讓天空每一個星體運行在祂的軌道上。接著，摩尼又翻開新的一頁，繪製擾人心神的真相：黑暗之父從卑微的殘光中，根據神之使者的形象，造出第一對人類，賦予他們羅致厄運的欲望，彼此交合繁衍。這對人類情侶緊緊交纏，兩個裸露蒼白的形體，生出一個又一個孩子，讓光渙散成愈來愈小的微粒，返回天國的日子愈來愈遙不可及。

摩尼將金箔切成小碎片，貼在紙莎草紙上，一遍遍重新塗上不透明的顏料，直到頁面閃閃發亮。焚膏繼晷，日

夜更迭，日復一日，週繼一週，摩尼毫不停歇地畫：巨大的宇宙之輪不停轉動，不知疲累，逐漸純淨了來自世上所有的光；月亮陰晴圓缺，忠實可靠，是耀眼天青石夜空上的一輪金色瓷盤；光被收集在月盤中，除淨俗世的塵埃後，搭乘絢麗光燦的船，橫渡銀河返鄉，脫離生死輪迴，無需再是一個光的靈魂。

　　最後，他拿起松鼠毛筆，再一次描粗使者長袍的皺褶、生命之母的眉毛、原初之人身上金燦燦的盔甲、魔鬼的醜陋羊臉；即使是黑暗之王的鬍鬚與脫鱗雙足上的爪子，他也畫得巨細靡遺，猶如藝術家一般。筆下五花八門的生物，他全部一視同仁熱愛，甚而忘了惡從來就不是善的，既非善的近親抑或後代，不是墮落的天使，也不是變節的泰坦，其惡意是無法解釋的。在摩尼的小圖中，惡是自我折磨的怪物，有著龍身、獅頭、鷹翼與鯨尾，自開天闢地以來，不斷蹂躪自己的帝國；戰場籠罩在一波波炙紅灰燼中，瀰漫著腐爛的屍臭，枯樹遍野，灼熱猩紅的深淵升起陣陣鉻黃色的煙霧。儘管摩尼的學說黑白兩極，他的經書卻是色彩繽紛。擁有這些經書，就無需神廟與教堂。書籍本身即是冥想之處、智慧之國、祈禱之地：華麗手抄本厚重的內頁包裹著尚未切割的貴重皮革，蓋上雕琢的玳瑁與象牙做成的優美款印；輕便的十二開本，封面覆以金箔，鑲嵌寶石；而且小得像護身符一樣可掛在頸子上，能輕易藏在拳頭裡。同時，石榴和燈灰製成的墨水，不論在白堊

塗白的紙莎草紙、淺色絲綢、柔軟皮革或隱隱閃耀的羊皮紙上，都熠熠黑亮。只有標題裝飾得無法辨讀，字體外圍纏繞著花飾，點綴著洋紅色小點，那是救贖與毀滅的顏色，世界之火的顏色。猩紅灼灼之火，燃燒一千四百六十八年，點燃宇宙，直到燃盡最後一絲火星，吞噬整個世界建築。未來的景象壯麗宏偉，由鋅白與金箔建構的美妙光之世界中，善與惡再度分離，一切黑暗皆沉淪、戰敗與沒落，成為一團被活埋之物；而光明的一切上升，在月亮中淨化，因星辰轉動而純粹。願意信者，則信。許多人願意。

　　瑣羅亞斯德桃李滿天下，佛祖有五位比丘弟子，耶穌有十二門徒；但是，摩尼有七經，將他的教誨用許多語言帶入世界，以統一遭巴別塔分裂的一切，並前所未有地將人區分成追隨他的和詛咒他的。他們稱他摩那（Mana），善的容器或惡的容器；他們稱他莫納（Manna），天堂的麵包或幽暗者的鴉片；他們稱他摩尼（Mani），飛翔的救主；也稱他摩訥斯（Manes），跛腳的魔鬼；悟道者摩尼，挺身拯救世界；或稱他瘋狂者摩尼，挺身毀滅同一個世界──摩尼，是香脂軟膏；摩尼，是黑死瘟疫。

　　殉道時刻來臨時，摩尼對他的弟子說：「注意看我的書！寫下我時時說出的智慧話語，免得遺失不見。」

　　那些書熊熊燃燒，純金從銷熔它的火裡流出。但是，摧毀摩尼教徒聖書的，並非世界大火，也不是宇宙烈焰，而是他們敵人的柴堆。不容許異端學說，嚴懲任何質疑。

因為有信徒，就有無神者；有虔信者，就有異端者；有真正的教義，就能迅速激發出虔信者的熱情。他們嚴格區隔對與錯，一如摩尼分開光明與黑暗；他們說火焰只焚毀不真實之物，但火其實是不挑剔的。

和摩尼信徒的聖書一起焚燒的有哪些？關於世界末日的預測與大量魔法書、魔鬼咒語，以及無數探討存在的矛盾哲學書、數千冊猶太法典、奧維德的作品集，探討神聖三位一體與靈魂死亡、宇宙的無限性與真正規模、地球的形狀與她在星體中的位置等相關論文。審問持續數日，柴堆燃燒數千年。烈火溫暖了全知全能者的心，加熱亞歷山大港、君士坦丁堡與羅馬等地的澡堂，直到眼睛無法再矇騙理智，大自然教訓起書籍。真理有多可怖，光芒竟能照亮周圍由黑暗造成的錯誤？每建造出新的望遠鏡，遙遠的東西就近得危險，且界線必後推，視野必擴大：因此，星象盤成了軌道，圓變成橢圓，星雲變成球狀星團、螺旋星雲與星系，六顆行星變成七顆、八顆、九顆，然後又變回八顆，奧祕變成了物質，其誕生史荒誕奇特，不亞於摩尼的宇宙論——許多太陽將星體固定在其軌道上，黑洞摧毀並吞噬星星，星系散發的光線在遙遠的未來無人能接收到。不管用多少數字和公式來描述宇宙，有哪些知識參透宇宙本質，都無所謂。只要時間仍然進行（誰會質疑時間呢？），任何解釋就只是一種敘事，是那些吸引與排斥、開始與結束、形成與過程、偶然與必然的著名故事。宇宙

在增長，不斷擴張，驅散星系，彷彿迫不及待逃離想要理解它的種種理論。想到逃逸、想到無根虛空的猖狂生長，比起想到收縮、想到斂聚回古老的脆弱點，更加可怖。在這個脆弱點上，一切的力量與質量、一切的時間與空間交相融合，聚攏成形，先是一點，再來是成團，最後是活生生的終結：爆炸，空間膨脹，一種灼熱、壓縮的狀態不斷擴張、冷卻、從中誕生原子，光與物質分離後創造出可見的世界：太陽、分子雲、塵埃、宇宙蠕蟲。源起的問題，即是結束的問題。一切是否不斷膨脹、加速，抑或有一天又折返，再度收縮聚攏，或者囚禁於不識生與滅的循環。我們知道什麼！只能肯定的是，世界末日終將到來，或許只是一時的，但絕對最為陰森駭人：太陽膨脹成龐然巨物，吞噬水星與金星，地球上空除了太陽，不見他物。太陽的炙熱蒸發海水、融化岩石、龜裂地殼，由地心扭裂至地面，而後嚴寒籠罩，末日將臨。

然而，太陽仍舊大小如球般高掛蔚藍晴空，俯瞰數千年的陸地。陸地自以為與人類一樣古老，只識得兩種極端對比：沙土或石頭構成的致命沙漠與孕育生命的尼羅河之水。尼羅河每年夏季氾濫百日，淹沒谷地，沖積地變成大湖，留下肥沃的黑土，產出富饒的土地。不過，自從築壩將洪水攔於厚實高牆之外，圍進數千座堤壩迷宮，逼入由堰閘調節的運河，整年源源不絕灌溉持續向沙漠擴張的田

野，從沙土擠出兩次收成之後，尼羅河的肥沃氾濫就不見了。自古以來，定居在此、驅策著骨強體健的公牛與木犁闢田耕地的古老農業民族，無奈之下，只能將孩子送入沙漠，在廢棄墾殖區的廢石堆裡尋找塞巴赫。那是一種氮肥，由舊城土牆風乾後的磚瓦崩解所形成。

　　一九二九年，一個異常炎熱的日子，距離麥地那－馬地不遠處，三名青少年在傾頹半沉的廢墟閒晃，在拱頂地窖中發現一個腐朽易脆的木箱，一經陽光照射便崩解分裂，露出幾捆爛兮兮的紙莎草紙，紙頁嚴重被水浸透，但是躲過歷代無數蟲子和螞蟻大軍的破壞。雖然免遭小蟲侵擾，卻鑽進了細小的鹽結晶，所以不久後在古董店裡拿到古抄本的男人，起初還猶豫要不要出錢買下頁緣發黑又黏住的抄本。就連鑑定其中一捆腐書的古物修復師，也懷疑能否揭露抄本中的遠古祕密。

　　研究幾個月後，古物修復師使用斜面和兩支鑷子成功分開幾張書頁，書頁極薄易脆，不小心打個噴嚏，就會灰飛煙滅。這次的成功可說是意外，甚至是天意！在柏林，手稿專家拿著放大鏡和鏡子，埋首研究壓在玻璃底下、顯然是部分神聖經典的絲綢光澤殘頁時，物理學家符立慈·茲威基在洛杉磯附近、設立於山脊上的加州天文台，將直徑兩百英寸的反射式望遠鏡對準了天空的后髮座。他觀察后髮座星系團的運動，並且比較自己的計算之後，有了一個發現。

可見的物質不足以吸引星系團聚攏。太空中一定有種看不見的質量，唯有透過其所引起的重力，才能辨認出來。它比其他物質還更早開始凝聚，因此其重力設下一個萬物必須遵循的軌跡。那股神祕力量是一種新的天際之力，茲威基因為其性質不明，將之命名為「暗物質」。

柏林的專家學者這時已整理好保護在玻璃底下的殘頁，開始解讀其中的精美文字。這些斷簡殘編預告摩尼教的隕落，描繪出施加在教徒身上的恐怖暴行。不過，同時預示了：

萬千經書將獲搶救，保存在義人和信徒手裡：《徹盡萬法根源智經》、《淨命寶藏經》、《證明過去教經》、《祕密法藏經》、《大力士經》、《律藏經》、《讚願經》，我主人繪製的《大二宗書》與他的天啟、寓言與儀軌，無一遺失。有多少失傳，多少遭到毀滅？已有千百失傳，但又有千百回到他們手中，最終又找了回來。他們將親吻著經書說：「噢，偉人的智慧啊！噢，光明使者的盔甲呀！你在何處迷了路？你自何方來？他們在哪兒尋獲你？我因這書到了他們手裡而歡欣雀躍。」當他們大聲朗讀內容，宣告每一冊書名、書主人之名、那些努力成就書得以完成者之名、寫作者之名，包括加入標點符號者之名時，你將會遇見它們。

里克河谷
格來斯瓦德的港口

＊一八一〇年至一八二〇年間，卡斯帕・大衛・弗里德里希畫下他出生的城市，戰船、雙桅船、遊艇等帆船桅杆密布的格來斯瓦德港。這座古老的漢薩城市，因位於可航行船隻的里克河匯入波羅的海的入海口，得以連結各大貿易中心，即使當年寬闊許多的里克河正逐漸面臨淤塞的威脅。

　　高九十四公分、寬七十四公分的油畫，自一九〇九年收藏於漢堡美術館，一九三一年參加「德國浪漫主義者：從卡斯帕・大衛・弗里德里希到莫里茲・馮・施溫德」特展，在慕尼黑玻璃宮展出。六月六日，玻璃宮一場突來的大火，燒毀了三千多幅畫作，其中包括特展的全部作品。

　　困難之處不是找到根源，而是將其辨認出來。我站在牧場旁邊，手裡拿著無濟於事的地圖，眼前有條水渠，水不深，頂多半公尺寬，水面覆蓋一席黃綠色的浮萍鏤空地毯。岸邊薹草直挺挺的，黃黃灰灰猶如禾稈。只有水湧出地面之處，綠色苔蘚鬱鬱蔥蔥。我在期待什麼？源源不絕的湧泉？指示牌？我又看了一眼地圖，尋找那條不受拘束的藍線，線的源頭在綠色林區底下蛋殼色的空闊地區。要找到真正的源頭，可能要上溯到林子裡；林子在幾棟房舍

後面綿延開來，房舍在此處聚集成一個村莊，我得以給計
程車司機一個地名。他自然問起我來這裡做什麼，何況是
復活節前的星期六。光是好奇，在這個地區無法誘惑人開
口。這裡的人嚴肅冷淡，彷彿深陷無以名狀的哀愁裡，就
像這片景致無需言語也無妨。

或許這條不顯眼的涓涓細流正是我尋找的目標、里克
河的泉源，那條古老希爾達河的泉源。小河往海奔去，流
淌許多公里，供輸格來斯瓦德港口，而後逐漸寬闊壯麗，
最後注入一處潟湖的淺灣，即丹麥維克灣。左手邊，我看
見灰白籬笆木柱龜裂斑斑、兩道生鏽的鐵絲網，後面的牧
草地上有無數剛壘起的新鮮小土墩，是土撥鼠孜孜不倦的
勤奮結果。我照原先的計畫，沿著水域上游往西南方走去。

烏雲廣袤遼闊，又低又重，垂在我頭頂上方。只有遠
方天空灑落光芒，亮出一抹淡淡的粉紅。幾株肩膀寬的橡
樹突出於圍牆之上，那是早經開墾的牧場殘垣。積滿雨水
與污水的窪地碩大如湖，倒映出橡樹的枝椏。燈心草般的
灰黃色草，從淡藍色水坑冒出來。一隻白鶺鴒於水面跳躍，
尾羽宛如行禮般垂下，又挺身躍飛。

在草地的陰影下、拖拉機深陷的車轍裡，還有底下牧
草將發酵成青、包著白覆膜的貯飼料圓包上，落下不到三
天的三月雪殘冰瑩瑩晶亮。翻覆的水槽躺在岸邊生鏽，上
方分岔著山楂光禿禿的枝椏，樹幹覆滿硫磺色地衣。鶴如
號角般的啼聲響起，又似勝利洋洋，也似憤慨受辱。水渠

另一邊，兩隻鉛灰色的鳥張起超大的翅膀，射入高空，不一會兒，身體斜畫個弧之後俯飛，鳥爪伸向地面，一氣呵成，三次急撲翅膀後站定。牠們的叫聲仍迴盪了一陣，最終被東風吞噬。東風喝喝呼嘯，劃過海面，掃落前方夜蛾灰的橡樹葉。耕地黏滑，棕黑色的黏土塊軟呼呼暴露在表土上。犁溝裡，油菜抽發新芽，葉緣被農藥毒素染褪為氬金色。四下蒼白黯淡，光線虛弱無力，彷彿黃昏即將來臨。

有處窪地變成了沼澤，一群鹿在背風處低頭吃草。我稍微走近，牠們就夾著亮白屁股奔入樹林。窪地邊緣，一片迷彩碎布在高台支架上飛揚。不遠處，黑莓、接骨木與黑刺李形成的樹籬上，葉子全已落光，樹籬前堆著爬滿苔蘚的水泥板。鏽蝕的金屬環突出於鋼筋孔外，暴露在外的廉價鋼只能任憑風吹雨打，藻黑色的苔蘚在多孔板上繁茂生長。後面，在光禿樹林的遮護下，一池黏滑的綠水塘靜靜躺在她冰河時期即有的洞窟裡；這是烏龜、青蛙與鈴蟾產卵的場所，牠們在隱祕處等待繁衍的信號。草逐漸枯萎成蠟黃，因冬季而褪色。唯有毛茛草從溼黑的土壤中爆出一抹菠菜綠。

我走回水渠，往前探去，直到水渠消失在地底下的水泥涵管裡。風力發電機的赤裸葉片在天邊緩緩轉動，是有生命的機器。我想起小時候看過的黑色磕頭機抽油泵，想起它們陰森、冷然地搗著地心。上一次冰河期塑造了這一帶，里克河谷低地是冰磧地貌中的舌狀盆地，坡度平緩，

被冰河沙質沉積與冰河水磨圓的大量漂礫，躺在地塊與小池沼的邊緣。在較深層的地底，儲藏著原油與鹽。

西南幾百公尺外，樺木的灰樹皮洩漏了水域接下來的流向。我橫越田野，一直走到稍微寬一點的河床。田埂蜿蜒在農地與水渠之間，寬不到兩公尺。覆地植物有幾處被掘開，炭土溼潤得晶晶亮亮，是野豬的傑作。一隻雲雀啁啾飛起，鳥囀不絕，宣告春天的來臨，那個顯得遙不可及、甚至無法相信的春天。這時，第一次傳來水聲，淙淙流向一處林地，消失在榛木林裡。我浸淫在林木內私密的靜謐裡，地面仍覆著前一年未受纏人東風侵擾的灰色枯葉。下層的矮林又土又灰，只有愛爾蘭苔蘚綠得像香芹。準備綻放蛋黃花朵的菟葵，分岔的葉片昂然直立。林子不再那麼濃密，葉間開始灑落光線，在枯枝、松果與藍黑光澤的野獸糞便間，我發現一隻被丟棄的鹿角，深棕色的骨質結構拿在手裡很沉。我撫摸鹿角珍珠般起伏表面上那舒服的裂痕與堅硬的皮質，以及角叉的光滑末端。曾高踞在額骨角基上的環形凸起還黏著毛髮，想必前不久才脫落遭棄。裂面上能摸到色白如雪花膏的粗糙骨頭組織，銳利得像珊瑚礁石。鹿角脫落時一定耗費了很大氣力。四周的杉木表皮上裂痕斑斑，乳白色樹脂掛在傷口上猶如結冰的血。有些樹皮被飢餓的赤鹿啃得光禿禿的。

一陣風吹過樹冠，天空變得晴朗清亮，一時間，蒼白的日暈穿透雲層。陽光沒有投下陰影，卻旋即在空中引起

騷動，鳥兒啁啾得更嘹亮了：喜鵲機械似的聒噪、蒼頭燕雀不知疲倦的歌兒、烏鶇的嘶呀聲與知更鳥憂傷的曲調。

我走出林子，驚起一隻烏鴉。牠呱呱叫著，飛過冬大麥點點翠綠的田地，一次次落下，嘶啞的叫聲卻不絕於耳。景致似乎有了變化，寧靜、井然有序。一條兩邊鑲著光禿柳樹的筆直泥土小徑，伴著水渠流向下一個聚落。水裡躺著幾瓶已不再銷售的燒酒。小徑左邊，枯萎的灌木裡彎出黑莓樹的紅棕色枝條。鳥巢掛在光禿禿的樹籬裡。山楂樹叢底下，有十幾個搗碎的石灰色蝸牛殼與石頭，烏鶇和畫眉正在石頭上啄著殼裡柔軟的肉。土壤因為雨和污水而泥濘不堪，被拖拉機的輪胎畫出一道又一道，我每走一步，土就陷下去。水窪吸納了四周的色彩，是溼土與泥坑的棕紅，是反差極少的蒼白調和。唯有鑲著嫩綠的黃花柳枝那銀白的初嫩柔荑在寒風中輕顫，絲滑的絮毛才剛從黏呼呼的蒴果脫殼而出。

在路牌前不遠處，水渠岔成了兩條。我沿著最不起眼的那一條走，亦即深深掩藏在討厭的界梗底下、兩邊圍著爆竹柳的小溪流。從石灰岩矮林中凸起的大樹，猶如頭朝下被束縛在沖刷斜坡上的粗陋生物，樹冠被砍斷、枝椏歪斜畸形，因風吹雨打而被掏空。腐爛的木頭從爆開的樹心冒出來。

走沒多久，路便和一條水路交叉。地圖上，水路的名字正是我要尋找的河流。河一心流向東方，毫不曲折，擺

脫了周遭環境，在兩處圍籬牧場之間形成天然的界線。貧
瘠的水岸地面上，被雨壓得抬不起頭來的紙莎草一綹一綹
的。河水靜靜沿著繪圖紙上規畫出的路徑流淌，不斷注入
往南北分叉的新排水溝。開闊的土地僵固地躺著。一切遙
遙遠遠，全都栽種了作物，有耕地，有給仍擠在牛棚的牛
隻提供飼料的牧草地。只有風在咆哮，切斷我的呼吸，宛
如暴風般制止我的腳步。天空的烏雲層層聚積。遠方某處
傳來車聲呼嘯。

　　過了一陣子，我的目光才又有景致得以依附，山茱萸
與黑刺李覆蓋的斜堤圍住了耕地，阻擋嚴寒東北風的侵
襲。一群烏鶇般大小的灰棕色鳥飛越田地，時而群聚停歇，
但只一絲絲的侵擾，又驚得飛起。那是一群田鶇，是在地
中海過冬、古老食譜上的灰斑鳥。不久，黃鸝也掠過耗人
體力的空氣，畫出點點染料木黃。水渠不知不覺滿了，水
位上升，河道變寬，波光粼粼流過機械水堤的開放地牢。

　　最後，眼前出現一條路，與水渠相交，鋅灰色的平坦
柏油路令我恍然陌生。汽車呼嘯穿梭。在北方，一排高大
楊樹籬間，透出水泥灰的畜欄、膿綠色筒倉、包好膜的牧
草球堆成的灰白金字塔。某處傳來農耕機的隆隆聲。幾片
雪花在枯黃的牧草泥地上靜靜飛旋。

　　我在河岸邊草地發現一個棕色紋理的田蚌殼，大如雞
蛋，蚌殼裡閃爍著珍珠母光。不遠處，綠頭鴨把頭伸進水
裡覓食，我稍微走近，便如驚弓之鳥振翅高飛，比牠們住

在都市裡的親戚更易受驚嚇；而後嘎嘎叫著，又聚集在附近的休耕田上，腳爪閃耀甜橙色，雄鴨頭部在灰色田地的襯托下閃爍著孔雀藍。看了幾小時的單色調，這些鳥幾乎繽紛得充滿異國風味。

接著，我抵達為第一段路程挑選的目的地。這座小村莊名為艾爾德納荒地，幾乎就是一座經過修繕的莊園與一排磚棕色農工房。除了報廢的消防局和幾座崩毀的畜欄，其他房子似乎都住了人：窗簾遮住窗戶，汽車停放在入口，母雞沿著雞舍圍籬踱來踱去。荒怠毀損了這個地方。村名不過是種空洞的主張，來自坐落於里克河出海口的熙篤會修道院，那是格來斯瓦德的古老基礎核心，但在三十年戰爭時即已淪為廢墟。

手機又有了訊號，我撥了電話叫計程車。車子出現在公路盡頭時，密密麻麻的大片雪花開始落下。

三星期後，世界分成「消逝」、「眼下」與「未來」。時序進入四月尾，別處已春意盎然。我從火車上，望見樹籬嫩綠點點、黑刺李白花簇簇。但在這處極東北之地，凝滯的寒冷仍舊妨礙發芽。太陽照耀大地，然而陽光蒼白無力，天氣尚未回暖。一如既往，金鐘連翹首先展現四萼花序，但是尚未爆綻出硫磺色的花朵。奶白色的霧氣飄蕩在村子上方，在一排繁茂苗壯的楊樹籬後面，村子一下子便與花園和棚屋消失在牧草的鮮綠中。僵凍已解，地上的冰

融化，大地寧靜無聲，近似羞怯、天眞。爆竹柳與樺木依然赤條條，只有一層柔嫩的絨毛覆蓋著枝幹。荊棘叢才沾染嫩綠。黑刺李的新綠在嫩枝上陣陣蕩漾，淡黃色的複葉點綴其中，去年夏天殘留的乾枯漿果仍零星掛在枝條上。在黑刺李淡淡的樹蔭下，盤蜷著常春藤，立著毛茸茸的嫩蕁麻。一株年輕的栗樹展露剛從漆亮葉芽冒出來的皺巴巴葉子。田間小路沿著水渠的流程延伸，汽車和農耕機在路面草皮畫出兩道以塵沙和碎石加固的車轍。山茱萸和黑刺李結成的樹籬中，麻雀正豎起羽毛。烏鶇呼天搶地，黑頭鶯鳴轉悠長，蒼頭燕雀總是哼著同樣的曲調。不知不覺間，籬笆全都不見了。坑坑巴巴的蘆葦叢周圍擠著腐葉，突出於平淺的水面，水靜靜躺在河床上，幾乎清澈可見鏽棕色的水底。變得又乾又脆的蘆葦，被陣陣秋風吹得彎腰，層層疊疊，倒在岸邊淺綠草中泛著枯黃。

柔軟的捲雲遮掩高遠天空，被漸漸消退的飛機雲穿過。東方地平線止於一片灰綠色樹林；南邊拆解成散落四處的住宅區、零星的樹群與水窪；在北方，工作中的拖拉機後方揚起陣陣塵土。鄰近的農地上，冒出淡藍色莊稼。糞坑的臭味一陣陣劃破空氣。

田埂邊，鉻黃色的榕毛茛、蒲公英與蠟質心型葉的驢蹄草爭奇鬥妍。一隻黃褐色的蕁麻蛺蝶在花前翩翩飛舞，一隻熊蜂嗡嗡嗡尋找花蜜。野芝麻高高伸著驕傲的莖，紫色的唇形花高高昂起雄蕊花柱。

　　左邊，平緩得不易察覺的小山上，寒暑堅硬了松樹，礫石牆覆滿苔蘚，後面矗立一座森林嚴嚴防禦著。前方，抽發出一片像高羊肚菌的棕色孢子囊，莖上有冠。那是幼嫩的木賊，早已消逝的地質年代的殘跡，農夫的公敵。路中間，一株俗名又叫飢餓草的小肺形草，生氣勃勃繁茂長著，淺紫得華麗貴氣。鳶盤旋在遠方清朗的高空，飛高、降落，旋轉、翱翔，大無畏地偵察。灰金色的光暈染了景致，大地彷彿輕柔而深長地呼吸著。水面無波如鏡，眼子菜的葉片宛如眾多手臂，在水下無聲的水流中輕搖款擺。忽然間，一隻鷺鼓動著岩灰色翅膀，從水面飛竄空中，水珠一顆顆從翅膀落下；接著，牠一個大迴旋，再緩緩爬升，平扁頭後縮，朝向海的方向。四下旋即復歸於週日的寧靜。小徑隨著水渠蛇行，渠裡的水順著看不見的坡度悠然而下，最後被攔在汲水站的進水池內。放下的木閘門前，綠濁的水在半腐蘆葦和浮萍交織成的毯底動也不動。有道警示牌上印著禁止玩水、禁止進入。水渠現在寬如河流，清澈見底，有座狹小的鐵橋通到彼岸；在那兒，開闊的田地與點點嫩綠的斜坡後面，大片林子延伸而去。

　　綠油油的草中蹲著一隻蟾蜍，右前腳細小的拇指就歇在草莖上。半閉的沉重眼瞼下，銅紅色的眼睛呆然渙散，只有瑪瑙棕色的皺巴巴身體隨著呼吸規律起伏，身上覆滿小肉疣，還有沙粒。

　　忽然之間，路上憑空出現了人。一個男孩騎著四輪車

飛馳過林中空地，後面汪汪汪跟著一隻可卡犬。大人牽著
幼童走過，沒有打聲招呼就消失在河堤後方。我停下腳步，
嘗試在地圖上定位眼前紛亂的景致。空氣清透，恍然間我
以為聞到了春天的氣息。地圖上找不到岸邊小路，也沒有
通往森林的入口。所有路線都是從森林中心開始的。

　　我想隨著水域尋入柳樹叢，然而水渠轉了個彎處，又
黑又溼的沼澤淡淡發酵著，溼透的土壤吧嗒吧嗒阻擾我每
一步。地面愈來愈鬆軟，我走在泥濘的裸露土裡，愈陷愈
深。窪地深處閃耀著見不到底的黑色水坑。我發現無法繼
續往前，只能折回。因此我踩高蹺似的蹣跚穿過淺綠斑駁
的河灘林，用手臂彎開擋住去路的幼嫩枝椏，往南走一段
之後，終於踩到覆在落葉底下的堅硬土地。褪色的落葉毯
下，冒出嗜光的銀蓮花，將冷冽的林地點綴一點一點白。
樹梢上，啄木鳥咚咚啄著，溫和的光線落在歐榛樹纖細的
新梢上，也灑在年輕山毛櫸與細瘦樺樹的枝椏。沒多久，
拔地參天的杉樹遮暗了下方由鱗球果與褪黃針葉墊鋪而成
的柔嫩地面，直到橡樹和山毛櫸樹冠下，才又明亮起來。

　　處處可見動物的蹤跡：野豬挖出的紅色鬆軟腐殖土，
樹根下狐狸洞或獾洞的黑色入口，樹皮甲蟲的幼蟲在光禿
殘株留下難以辨認的畫，還有紅腹灰雀清亮的叫聲。好幾
次，我回應著牠歡快的單音節啼叫。我在小土丘上、松樹
斑駁樹蔭下的柔軟草地躺下來，那隻鳥竟然膽敢飛出藏身
處，直接停在我頭上方的樹枝。牠的胸部是耀眼的硃砂紅。

我又回應著牠的啼唱，就這麼來來往往好一會兒。忽然間，牠開始鳴唱一首熱情洋溢、前所未聞的五節歌曲，我沒能模仿得來。

我閉上眼，紅影幢幢的眼皮上再次出現松樹糾結的枝椏。遠方傳來老鷹嘹亮刺耳的尖叫。

我再度上路，太陽高掛天空，沒有遮蔽的燦亮光線灑在林中空地。恍然間，我感覺到那散發熱沙氣味、搖搖顫顫的夏日熱浪，聽見海的沙沙聲，時不時還傳來紅腹灰雀韻律豐富的循環鳴囀。我漫步穿越老樹、幼樹並存的育林區。鳶如鬼魅般的影子盤旋在淡白的砂土地面，鵝耳櫪葉熠熠耀眼，孵化的果實爆裂後，散發出蜜香。

我又回到開闊的天空底下，眼前不過幾公尺，一隻野兔倏地從藏身的黑麥中奔出，在田間小路上陡然改變方向，隨即消失在耕地裡。東方，一群嘶啞咆哮的烏鴉飛過低懸的電纜線。一隻鶴從上方展翼翱翔而過，飛入比附近住宅所有山牆還高的巢。森林邊緣的陰涼處有另一道水渠，但水已乾涸，周圍鑲著一圈灰色的乾草沉積物，應該是之前水漫過岸，將其沖漂到岸邊。隨之而來的，還有花瓣像胖手指的黃菖蒲與大量淺紫色軟體動物，這些動物在乾掉的泥濘上看起來宛如化石。

里克河水渠本身往北流動。我想要抄近路，從電圍欄下面鑽過去，橫越田地，直接經過牧場。但是泥濘很快就妨礙我的步伐，不論怎麼走，地面都會往下陷。再往北，

里克河水渠最後與水量豐沛的里納渠道會合。里克河水渠
經過微拱土堤的強化後，流向一座村子。遠遠就能看見一
棟大樓。我終於走到岸邊，天空上悄悄出現第一隻海鷗，
黑頭，準備要孵化了。空氣中的鹽味持續了一陣子。村子
街道連接一道平坦的橋，忽地一聲警笛怒哮。樹木繁茂的
地平線上方，深藍色天空轉成陰沉沉的白。

　　三個星期後，我又橫越同一座橋，水渠岸邊已鑲著及
膝的草。天空鉛灰灰的，沉重的厚積雲黯淡了這一帶。只
有我後方、西方天與地的交界，閃爍著一條象牙白光。

　　我沿著水渠往東，跟著橫七豎八的蘆葦叢走。一匹哈
福林格牡馬帶著小馬在鮮綠的牧地低頭吃草。蕁麻長得很
高，如波浪起伏，後方剛抽芽的矮籬間，鶯吱吱喳喳地叫。
電鋸的嘶吼從一處農莊陣陣催來，嘎吱聲一陣強一陣弱，
伴我在一縷縷長著薰衣草灰的黃花茅小堤上走了好一段
路，與南岸新綠白柳間布穀鳥嘹亮如鐘的叫聲唱和。我回
應牠回音般的叫聲，牠卻貓似的嚎叫，這棵樹跳過那棵樹，
想要找出對手。在牠上方，更高的氣層中，三隻白鷺翅膀
彎曲不動，架式十足飄向淺海灣。陣陣漣漪的水面上，毛
腳燕忙不迭地巧妙避開漂浮水面的幾片冠果草葉。羽扇豆
華麗地伸展亮藍色燭形花序。在西洋蓍草細小的蕨狀嫩枝
旁邊，草本婆婆納的藍紫色小花反而顯得柔弱纖細。在纖
維質大車前草之間，一條鱸魚殘餘的下半身閃著藍色鱗

光，應該是魚鷹吃剩的。抽高的草甸碎米薺在草場上妝點出樺木白的線。草原石䳍挺著焦糖色胸部，嘰嘰喳喳在麥稈間飛奔來去。顫動的蘆葦間，陣陣催來葦鶯的高亢叫聲，緊接著，附近林子便響起金色黃鸝鳥如笛聲的悅耳鳥鳴。

我試著想找到牠，但是徒勞無功，反倒在東邊遠處發現一隻黑白色動物，從水裡飛升，展開平伸如板的翅膀。光是那驚人的體積就顯得異樣，幾乎有點超越世俗。我停下腳步，拿起望遠鏡。是魚鷹嗎？不，甚至可能是白尾海鵰。現在牠降落在耕地深處，蓄勢待發，等待下一次捕獵。在牠不遠處，一大片黃花後面，油菜花閃耀著信號黃。後面，又冒出風力發電機的灰色葉片，只有一座緩緩轉動，其他全都靜靜立著。再往東邊一點，一輛噴灑車正在大麥田裡工作。

因為發生在對岸，所以這一切顯得遙遠，就連那群人也一樣，即使我們只隔著一道水渠。他們雙手抱胸，站在裝有大水箱的拖拉機旁邊。有隻聖伯納犬在他們腳邊鑽來蹭去，嗅聞卜垂的紅水管，然後跑到藍白色汲水站，對著它狂吠。他們在取水嗎？還是把什麼引入里克河？幾十年來，新開築的水道排光沼澤水，以抽取地下水，將貧瘠的草地灌溉成良田。事實上，我很快就遇到一條支流，它的蹤跡消失在相鄰林子荊棘叢生的邊緣。下層植被鬱積著泡泡似的黑色小泥濘。黯淡的光線穿越樹冠灑下。大地一片靜謐，聽不見蟲鳴鳥叫。不過，一會兒四下又明亮起來，

因為林子裡闢了一條路，好安裝高壓線。一公尺多的虎杖盤根糾結，葉大且橢圓，竹子般的莖迎風搖曳。我繼續往下走，循著第一條支流走到曠野。

林子邊，山楂繁茂盛開，花團錦簇。點綴著三葉草白花的草地裡，豎立著催吐白前與紫紅如頭盔的沼澤蘭，蘭葉寬大，葉面上點點棕紅。在岸邊灌木與遠方斜坡之間，格來斯瓦德大教堂出現了一會兒，教堂正前方，是聖雅各教堂磚紅色的金字塔形尖塔。

一條意外的小徑沿著水渠出現，渠兩邊現在已築起了小堤。草黃色木柵欄後面，輕盈光潔的樺木，伸展小三角旗似的晶亮樹葉，前方搖曳著蘆葦的流蘇小旗。黃鸝重複著單音節的歌曲，蒼頭燕雀也啁啾啼鳴。沒多久，對岸出現另一個小型汲水站，牆面上的塗鴉喧囂搶眼。汲水站前，有個女釣客正拋出釣竿，旁邊歇著兩隻棕色大狗。再往前走幾步，就在我的路中間，乾燥的土撥鼠丘裡伸出一塊銅色的寬骨，應該是牛的股骨。耳柳叢裡，直立的密集穗狀花序潑下黃綠色。里克河完全被斷木和蘆葦沼地給掩蓋了，看不見蹤影。蘆葦沙沙作響，天藍細蟌呼呼穿越枝椏，或停在早熟禾的草莖上，彩虹般的後腹部有著細微的馬蹄鐵形狀。

現在聽得見一種無法解釋的聲音，是金屬的喀啦聲，但沒有回音，只是急促地重複。接著，斜坡後面豁然開朗，眼前敞開剛修剪好的高爾夫球場草坪，假山依偎著外環道

路的路堤。有人戴著淺色鴨舌帽將球打到空中，我旁邊的濃密樹籬裡，有隻歌鴝放聲啼唱，比夜鶯更加有力，但同樣技藝精湛。

　　樹籬方才還顯侷促，腳下現已鋪開蜂斗菜地毯。蝸牛將它大黃般大小的葉子吃得千瘡百孔。一條踩出來的小徑穿過車橋底的泥濘柳樹叢，然後接上一座人行橋。我緊偎著欄杆，眺望約莫三到四公尺寬的棕色寧靜水流，從這裡開始，都市的邊緣此處，它才真正叫作「里克」。萍蓬草的葉子在河緣飄蕩。

　　天空豁然放晴，陽光曬燙我的後頸。我取道南岸小堤壩頂的沙土路。市立墓園的墳區從一大片黃花後面展開。對岸有一排透天厝。地圖上找不到這處民居，看來是前不久才建造的。被虎杖圍繞的山楂枝椏中，透出一抹褐紅色，是隻紅雀，在牠旁邊一個手掌左右，是體型大一點、顏色沒那麼繽紛的雌鳥。可惜在我進一步觀察之前，牠們便飛走了。里克河很快又隱沒在蘆葦叢中，只有遠方的藍色鐵道橋洩漏它的蹤跡。

　　我繼續往南走，經過鐵絲網圍起的消防池和綻放粉色花朵的蘋果樹。一株柳樹樹幹上，叢生著赭黃色黏菌，看起來宛如發泡填縫劑。高大的白楊樹，矗立在一條通往城裡、坑坑洞洞的柏油路兩側。牧場裡，馬兒低頭吃草。沒多久，一條小溪後面，住宅區在我眼前緩緩升起。花園裡，架設了塑膠溜滑梯與彈跳床。街道另一側，鐵網後面是一

座殘敗的大倉庫。我一下子就走到格林默街，街邊粉彩色的建築老舊狹長，再經過一處農莊以及超級市場的停車場。有家石材行的前院砌著地磚，高高的柵欄之後有兩隻羅威納發出咕嚕威嚇，嘴裡咬著橡皮咬環，口水從唇縫間滴下。里克河離此已遠。等我轉進動物園的綠地，在靜靜躺著的鐵軌後面，才又看見立著一長排蘆葦的河床。我漫步在景觀小路上，經過我當年出生的老醫院。河道在史特拉頌街的橋後變寬，流入一處約七、八十公尺寬、數百公尺長的梯形盆地，也就是格來斯瓦德港。北邊強化過的岸邊，停泊著兩艘餐廳船，南邊則有幾艘桅杆高聳的帆船。後面的住宅大樓投下長長的影子。

　　我在南岸坐下，對岸並列著幾棟低矮建築與木造倉庫、造船廠和划船俱樂部，我年少時曾有一整個春天在俱樂部受訓。後方某處，大概在里克河與支流巴伯羅河之間的玫瑰谷一定曾有鹽礦；鹽礦與河流，成了此處砍伐森林、在溼地上建立集鎮的原因。鹽水裡有條死鯿魚隨波擺動。樓燕低飛在波光瀲漾的水面上來回衝刺，厲聲尖叫。三隻家燕歇息在帆船舷緣，狐紅色的咽喉在夕陽中輝映閃耀。

翁塞諾內河谷
森林裡的百科全書

＊伯恩瑞士聯邦經濟事務部的助理阿曼德・舒爾泰斯，五十歲時決定在提契諾開始截然不同的嶄新生活。舒爾泰斯年輕時經營「舒爾泰斯屋」女裝公司，日內瓦和蘇黎世都有分店。一九四〇年代，他即在翁塞諾內買下十八公頃大的土地，一九五一年退休後便搬了過去。一座栗樹林從此成了他的生活重心，他在樹林裡將人類的知識根據主題分門別類，記載在上千片的牌子上，將樹林變成一部百科全書。大部分的內容以多種語言寫成，除了各種知識領域的關鍵字摘錄、清單、圖表與書目說明之外，還有休閒活動的提議，中間不時有人請他留下聯繫方式，但他往往斷然拒絕。一直到最後，舒爾泰斯始終過著隱居生活。一九七二年九月二十八日晚上，他在自家花園裡摔倒，最後因為力竭而凍死。

†一九七三年七月，繼承人請人清理每個角落都塞滿書籍、紙張與生活用品的房子，所有的東西幾乎不是燒掉就是當成垃圾運走。在兩天的清掃當中，約莫有七十冊大概是拼貼而成的性愛主題自製書被燒毀。花園完全毀了。只有少數知識牌和九本自製書被救下，其中三本由洛桑原生藝術館收藏，其他則為私人所有。如今，只有房子的名字「阿曼德之家」，提示著它曾經的主人。

　　測試、測試，一、二、三、四、五。你收聽的是蒙地卡羅廣播電台。測試、測試，六、七、八、九。好的。開始我們的晚間節目：現在我們在翁塞諾內河谷的村莊，是嗎？村子距離洛卡諾兩小時車程，你搭乘火車，抵達奧雷西奧。那棟宅子位置稍微偏一點，你得再往下走一段路。最好是五月來，氣候最宜人。要找到宅子並不難，宅前有塊牌子寫著「請你敲門，因為門鈴早壞了」。你會在大門入口遇見蛇髮女怪歌爾果，得忍受一下她的目光。接下來映入眼簾的是花園，到處都是牌子。你會閱讀牌子，理解內容。這裡很大，是個漂亮的地方，陡峭、多岩，有座生長濃密的栗樹林。往南，地形傾斜直下。底下圍籬那兒聽得見伊索爾諾鎮的喧囂。古老的州道穿越而過，現在是一條步道，陌生人從步道走來，在我的土地「一號領地」上閒晃。我在馬賈谷山口南邊的坎波山還有「二號領地」，在下克拉托羅的是「三號領地」。

　　來這裡的人會讀牌子上的字，但讀得都不正確。他們完全不懂得閱讀，因為他們讀書只是想刺激精神、刺激感覺。但閱讀是要整頓秩序的。而想要整頓的東西，一開始必須先寫下來。只有這樣，才會形成秩序。我使用的分類系統是物以類聚：在「神妙區」，有聖里修小德蘭修女崇敬神所流傳的影響，以及寇納斯洛特的德雷莎·諾伊曼身上的聖痕和血淚，附近是米林·達悠令人嘖嘖稱奇的金剛不壞之身，他把鈍劍刺入體內卻不會受傷，緊接在旁的是

世界上最嚴重的船難。諾貝爾獎歸於百科全書，卡爾‧林奈在動植物類，蝴蝶屬於哲學類，肥料放在特殊飲食表，探測術和輻射歸於運氣，登陸月球是會飛的幽浮，幽浮和苦行僧是超心理學與人類謎團。太陽黑子週期表放在烤肉區，西藏的祕密就在精神分析樹後面，螞蟻的布告板則掛在螞蟻丘上方。所寫之事必須結合實際經歷。一部森林裡的百科全書。人類的知識全收集在此，就掛在樹木之間。這些知識當然還不完備，甚至不可能完備。要寫完所有的牌子，可是件大工程！人一生應該做點有用的事。外出時，就收集些東西，摘顆蘋果、撿個栗子、瓶罐。什麼都還可以用，什麼都不能扔，連一小張紙也不行。鉛筆即使使用到很短，也能準確寫好東西。錫罐壓扁之後，可做成牌子。每天都有事情要做：除草、修理生鏽的牌子、給板栗去皮。由於板栗很會吸水，所以泡在什麼料裡面，嘗起來就是那種味道。泡在甜水裡，會甜得要命；泡在肉湯裡，味道十分濃郁。營養價值相當高。一定要知道什麼是營養價值。尤其是沒了牙時。我已經無法再吃杏仁了。我的廚藝很好，但中午喝個半升牛奶配上一個小麵包就夠了。其實人什麼都不需要，沒有什麼是人真的需要的。頂多一個女人。她要對事物感興趣、好學，而且年輕。一張什麼都仍不識的白紙，一個我可以把一切教導給她的女人。理想的結婚對象或領養對象最好是年輕女孩，十八歲到二十五歲，孤女或年輕的女繼承人都可以。

你不會像偶爾來此的小孩一樣破壞東西，他們聽到呼叫也不會回答，問他們講什麼語言，也同樣不吭一聲。我會說德語、法語、義大利語、荷蘭語與英語。但來這裡的人只想要撿栗子，以及嘲笑我。他們什麼都不懂。你不能聽他們的。他們說我是個瘋子，腦筋不正常，甚至是活在月球上，只因為我偶爾在夜晚播放留聲機。你要知道：夜晚露天的音響效果最好。不會吵到鳥兒，牠們睡了。有時候就是想唱個歌，但不能給人聽到。我小時候會夢遊，可惜後來就不會了。恩里科‧卡羅素是縱橫時代最偉大的男高音。他的許多唱片都在，一共一百五十張：歌劇、輕歌劇、古典樂、舞曲、維也納最著名的華爾滋，什麼都有。你熱愛音樂。

整個地方提供許多舒適的休息區。在「冷餐區」上方有個藝術噴泉，是一道石頭牆上的小山澗。整年供應全區用水的兩個岩洞、一座露天電影院、一處篝火場和澡堂，全是我千辛萬苦蓋好的。我一層一層疊起無數石頭，拖了一截又一截的樹幹和枝椏，營造出美麗的場所，一處美麗的地方。美麗很重要。萬事萬物都仰賴美麗而生，生存如此，繁殖也是如此。輕視美麗的人不懂生命有多依賴美。我遇見第一任妻子時，身上穿了件大衣，巴黎來的上等質料，所以她嫁給了我。那時候她懷孕了，因為身材變形而變醜。一開始是錢花光，然後和她也結束了。我們有個小孩，但是沒多久就夭折。

　　石牆的壁龕在夏天也是處美麗的小地方。垃圾堆上還有保存完好的防火泥板，只要拿過來，就能在「烹飪文化區」中搭成一座好爐灶。你會學懂怎麼烤肉，烤盤和蓋子都有，也可以把食物包在鋁箔紙裡面烤。在墨西哥，人們甚至將整隻野味包起來烤。有豐富的飲食書可供翻閱，包括著名的《隨愛而來的是什麼？》與《男人最愛吃什麼？》，還有燒烤、醃醬汁等食譜，但也有小菜園文化與花園文化的文獻，以及一冊法文花語書。你來的時候，應該是夏天。屆時可以享受沁涼的陰影，抓著舊鐵桿，從岩壁的小短梯下來，保持平衡橫越山谷上的窄橋，來到「維吉妮屋」，那是一棟沒有陽台的單間平頂房，大小約四乘四公尺。也是我自己蓋的，在我開啟人生第二階段的前一年，一九五〇年。那是我真正的人生，自給自足的夢想。房子旁有塊牌子記錄著當年的計畫。若想模仿我，儘管免費使用。我不出租，你要自己賺入場費。那棟房子叫維吉妮屋，也是「處女小屋」，以西部荒野的州、以女性、以生理狀態為名，所以入口也被磚石封住。屋內有一道鈴直達宅子內的臥室。這裡什麼都有：漂亮的壁毯、漂亮的窗簾、燈罩，甚至是長椅、窗邊的天竺葵盆栽支架。如果單人房對你來說太小，可以住進那裡，磚石一個晚上就能敲掉。它在月光下最美，採光也夠。不遠處，有一座自製風車，配有發電機與即將完成的抽水機零件。能源生產對於自給自足的生活是個麻煩。母雞應該不錯，會下蛋，所以很

有用。擋風玻璃很容易造出雞窩。雞需要梯子，需要秩序。整塊地位於斜坡，本身自然有坡度。我養過山羊，但是牠們都很笨。我有次在維吉妮屋放了個床墊，讓牠們晚上上床睡覺，甚至幫忙蓋被子。牠們卻老是站起來，睡到地板上。大概有三、四隻山羊。後來我用繩子把牠們綁在樹上。牠們一直轉呀轉的，繞圈圈，最後糾纏在一起，就這麼死了。牠們是美麗的動物，美麗的品種，只可惜太蠢了。

你沿著路往前走，又會回到宅子，看見東邊山牆上的大星盤，完整的黃道十二宮。天空總是教我著迷，還有人類的命運、盲目的偶然、萬物的道理、危及生命與導致早死事件的機制。一定要收集包含出生日與幸運日的明確案例，加以分析，從中推演出規則。研究的案例愈多，結果愈可靠。必須建立特定日子的星座圖：例如十七世紀靈媒伊曼紐・史威登堡的誕生日，有人闖入作家雷馬克家的那天，六〇年代德國流行樂歌手亞麗珊德拉死於車禍意外的日子。大概收集二十個死亡案例，就能從中找出共同點。可惜沒人知道自己準確的出生時間。歌德曾說：「鐘敲響十二下之際，我誕生於世。」這個就可以了。人不會隨便在某個時間出生。和墨索里尼同一天生日的人很少活下來，畢竟每個日子會對應一個歲數。從火星、土星、天王星、冥王星等星座零度、九十度與一百八十度的關係位置，可以看出剛出生幾天的危機，危機會重複出現在相對應的歲數，並且預告死亡紀事。你可以在宅子裡的占星術檔案

夾裡找到相關的計算。也有很多怪胎的星座圖可以研究。我的計算十分精確。生物週期是明顯可見的。特定事件會落到交叉點，所以有高潮，也有低潮。長壽與壽命是古老的主題。但人人註定會死，這是事實，也是個安慰。

　　學校裡最好的就是做報告。自己挑主題，想辦法收集資料。因為你必須知道來龍去脈，無論是主流背景、歷史或地理都要瞭解，深入思索萬物形成今日樣貌的過程，未來又將如何。一個又一個哲學學派做的就是這些，每一派都有自己的發現。東方有種瓜得瓜的說法，因果由此而來。神學書裡能找到許多相關知識，與心靈有關的一切答案都在裡頭。我們的衝動、印象、障礙、記憶等等，心理學書籍都有所探討。因為我們存在的內在核心「自我」，並不一定是身體的單純鏡像。這一點你可以在人智學書籍中找到更多資訊。有很多東西仍舊停留在我們的潛意識當中，可能造成障礙，導致精神官能症。精神分析將之揭露，加以釋放。嬰兒時，種種印象完全尚未出現細微的變化，之後才會緩慢地兩極化。佛洛伊德發現，我們許多錯誤行為導源於壓抑性衝動。另一個人證明，位居「高位」的渴望決定了一切。個體心理學於是出現。榮格教授是原型的發現者，原型是祖先流傳下來的遺產，無意識地留駐在我們的想像世界中。法國南錫學派的愛彌爾·庫埃指出暗示的影響力。超心理學研究我們日常感知無法解釋的現象。占星術則蒐集過去的素材，檢驗出生時的星象對後來是否造

成影響。達爾文提出演化論與萬物間的關聯，創世紀卻說明精神如何活化了物質。如今，我們認為在荒涼的星球上有精神實體。靈媒與死者所謂的接觸，總是缺乏具體顯像。但是也不可忘記，第四次元並不受限於時間與空間，或許除了凝滯遺留下來，別無他物。仍有許多事懸而未決：探測術的問題、死光，同時還有歐薩琵雅・帕拉蒂諾的幻術究竟是百分之百的騙術，或者只是偶爾騙騙人罷了。

　　以前，我總仔細劃分區域，這裡是物理，那裡是骨頭，再過去是超心理學。現在反而大都混在一起。知識恣意繁生。樹會茁壯增高，擴張變大，向天伸展，字跡剝落，金屬絲鬆脫，牌子掉下來。剛開始我還會修理，但後來愈來愈多。天黑或下雨，就沒有辦法在林裡工作。之後只剩下宅子。宅子老舊不堪，像提契諾大部分的房子一樣，由花崗岩砌成，有石製屋頂和許多房間，不過沒有暖氣。基本上不需要暖氣，冬天在地板鋪上軟木塞板、報紙和油布，牆壁拿錫板和黃麻封實就行了。寶特瓶也很適合，嚴寒時塞進袋子，可以當成被子。華孚蘭的機油瓶最好用，千萬別丟掉。不過，現在的人動不動就把東西丟掉，尤其是外來者。垃圾堆是真正的寶庫，什麼都有！娃娃、雜誌、高跟鞋。所有東西都可以用，有次還有一台沒壞的收音機，我拿來在工作之餘的傍晚，收聽九點到兩點半的蒙地卡羅廣播電台。我們之後可以一起聽。收音機不只一台，有三台，還有三座浴缸、兩台熱水器、兩台冰箱、七個電動攪

拌器。不過，沒有東西是人真正需要的，連廁所也是，也不需要其他人。頂多一個女人就夠了。有隻狗也不錯。這裡有狗鍊，也有養狗手冊。

通往宅子的門有時會打不開，因為伸縮鐵門經常卡住，入口也堆了許多栗子。到處都是報紙、紙條與照片。我以前會剪報，再分門別類收好。現在太多了，我連讀的時間都沒有，但我會列出關鍵字清單保存下來，以後有時間再讀，或是以防有人來想找東西。

我的原則是，閱讀一切可讀之物。依據類別分類，保存讀過的一切。只記下事實和經得起驗證的知識。可以的話，將現象與規則分開，從普遍走向個體。因為外在往往是內在的投射。比起我的肺和心臟，從我的房間更能看出我的本質。因為外在和內在同屬一體，就像男性的外露性器官和女性的內藏性器官，是同一種東西的兩種表現。就像花園是我的地盤，宅子是你的。你會看見內在和外在有時候並不平衡。夏天時，栗子樹蔭和自然科學知識可以對抗炎熱；冬天時，哲學能防禦嚴寒。有時候，冬季裡也需要離開宅子，到雪地裡取暖。熱水瓶可以救命，就放在爐子上，無需再倒入熱水。以前我有個彎扁的金屬水瓶，可以放在腳上。現在我會拿一個真正的瓶子，放在兩腿間的敏感地帶，那樣最容易導熱。

有許多器具。我幫每個器具都編了號：AS1、AS2、AS3，以此類推。AS6是放映機，AS2是攝影機，還有大

滾筒複印機、拉佳牌的影片放大器、投影時可加強光線和亮澤的珍珠白銀幕、可縮小影像以符合小珠子的縮小器、低頻功率放大器、托倫斯牌的蠟盤切割器，即 AS7，以及瞭解自行蝕刻三十三轉或七十八轉黑膠唱片之必要物理過程的書籍。我用 AS7 錄製了義大利作曲家恩里克・托賽里單簧管版的〈小夜曲〉，會在歡迎你的時候播放。現在按鈕也已按下，雕刻刀下切，唱盤不停轉動，錄下我所說的一切。麥克風已經老舊。此外，也有小型發射器和短波接收器，可以進行超短距離的實驗。還有手搖式電話與立體聲製造機。有一次我想試驗看看，不過那女人就這麼跑掉了。女人不注意不行。

我有《大英百科全書》，還有大量闡述愛情與婚姻問題的書籍；我有關於存在問題的書，也有死亡主題的書。如果你從《布洛克豪森辭典》裡抄下感興趣的關鍵字，拿過來，我也能從《拉魯斯大百科全書》複製同樣的字給你，也就是說，兩者是互補的。最大朵的花是菲律賓的大王花，最大的洞穴是灰熊的，最大的鳥不會飛。牛奶會在胃裡停留二至三個小時。肚臍以黃金比例劃分人體，兩手臂的展幅和身長差不多。所有活的組織都是碳化合物。男人是種偶然現象。法國詩人古爾蒙也寫道，大自然光有女人就夠了。她們永遠是主角。這一點顯現在以下事實：在文明的人類當中，女性誕生愈多，文明就愈加完善。根據最新研究，卵子絕對不被動，而是主動伸出朧腫的突起，迎向逐

漸靠近的精子。卵巢這時會長出小肉贅之類的東西，一旦
破裂脫落，體溫即升高，這就叫排卵。接著就要注意了！
我曾在巴黎交過女朋友，她是墨西哥人。我們有性關係。
有一次她大姨媽沒來，我們到藥局去，藥劑師給了我們一
種叫阿爾貢斯之類的藥。服藥後她便出血，血中有個小小
的東西。我從來沒見過這樣的東西。我有次在提洛爾度假
時和女僕上床。前一次的經驗讓我心有餘悸，因此完事後
立刻去因斯布魯克找醫師，想要檢查看看。結果醫師只是
一直大笑。

　　右邊是我的臥室，裡面始終黑沉沉的。燈泡燒壞了，
窗戶被書給封住。上午才有光線從縫隙透進來，代替鬧鐘
叫我起床。那是麗仕香皂海報和雜誌上女人的目光，她們
會直勾勾看著你。你可以隨意走來走去，但她們的目光始
終從四面八方看著你，永遠不會轉開。有一個掛在衣架上，
從夾克的領口往外看，夾克是我幫她穿上去的。但是她的
臉沒有遮掩，太多皮膚了。即使我躺在床上，那女子也看
著我，從上面看著找。我做什麼都逃不過她的目光。我有
時會有欲望，這時就要想辦法發洩，尤其是性欲高漲的時
候。除了自慰紓解外，只有三種性行為，其外在條件與價
值取決於當時主流的社會關係：賣淫、自由戀愛結合，以
及根據民法第一章第一三五三條規範與承認的合意性交關
係。從生物學來看，三種性行為都是一樣的。我結過兩次
婚，兩次都以離婚收場。就是不合適，在該適合的地方也

不適合。大家都寫過相關議題，就印在書裡頭。法國拉羅希福可公爵說過，愛情只有一種，但是有千百種不同的模仿。你必須捫心自問，自己的傾向究竟是內在衝動，或者只是禁忌的刺激？反常的傾向多半形成於性欲尚未爆發的年紀。有一種可能是天生的，但大部分是從第一次達到性高潮的經驗中發展起來的。演員無法表演未以任何形式沉藏在他內心的東西：國王、乞丐、大主教。在偽裝的欲望上，分成變裝癖和戀物癖，變裝癖想要沒有記憶負擔的衣服，戀物癖渴望的是另一個人附著在內衣上的氣味，也就是喜歡穿過、用過的東西。

殘酷的是什麼？用親吻、暗示、表白、愛撫、眼神、閱讀、話語，挑起男人的激情，毫無保留點燃他的欲望，卻又違背先前所做的一切與承諾，不願發展到最後關頭。這顯然不只要讓他更痛苦，還想以看他受苦為樂。

女性之美的優越性不容否認。這種優越性的唯一來源、全部的祕密，就在於曲線的協調完整。女人之所以美麗，源於生殖器不可見。男性生殖器則只有在解決尿急時有優勢，此外始終是個負擔與烙印。尤其身體直立時，就是戰鬥中最敏感的部位，不管是微微起伏或忽然突出，都會干擾視線。

純粹從幾何來看，女性軀體的和諧度完美許多，尤其觀察男女親熱時，她表達出最強烈、最自然的生命徵兆。女人，所有的律動都在體內暗中進行，只外顯於身體的波

浪起伏中，保留了完全的美學價值。反觀男人，彷彿淪落到最低下的動物狀態，一旦露出生殖器就顯得卑微，美感盡失。即使就行房的技術可能性而言，女人也比男人優越，例如不需要生殖器硬起來才能性交。從機械過程來看，女人是可以不斷進行性行為的。

陰蒂的大小天差地別。不過，就像整個生殖系統，小陰蒂也會因為多年的性行為而變大。但練習與經驗的影響仍有待驗證。未生育的女人，大陰唇多半緊貼。若不想讓女人不滿足，性交之前就要先讓陰蒂腫大、勃起。多數已婚婦女性交時只是任其發展，沒有積極投入、掌控相關肌肉而促進性事，以產生有利的作用。

你從梯子爬上樓，一格一格往上。上面還是很暗，但你只要用手觸摸，就能感覺到這是正確的路。天花板垂下一個環，危急時可以抓著穩住自己。因為上面很窄，而且愈來愈窄。但你還是過得去。後面是陽台，有兩張躺椅，只是陽台門被書擋住了。你要知道，書是優秀的隔音材料。幾乎沒人知道這件事。很多事都沒人知道。接著，會亮一點，因為左邊是你的房間，你的帝國，你的獨立單人房。有時候門會開不了。你秋天來，到處都是栗子，滿山滿谷，包括庭院和宅子。栗子往下掉，會打到人，會打死人。三種果實中最大的最好吃。核桃亮澤，殼斗會扎人；頂端覆毛，甜甜的絨毛。栗子像牛蒡果一樣掉得到處都是。只有單人房裡有空間，栗子不進去，它們不屬於那裡。那地方

是給你的，什麼東西都有，各自歸位。書後方是窗戶，鏡旁邊是梳妝台，外面的窗台有個小浴盆、澆水壺、消防馬達，以及堆疊紙張裡的小凹槽，那就是你這位女性睡覺的地方。一切都準備就緒：床墊已放在木架上，一張漂亮的床，還有美麗的華服和毛皮大衣，都是最新流行款式，你可以穿看看。衣架上掛著黃綠圖案的女用泳衣，其他衣架是空的，你可以掛自己的衣服。

你會四處轉轉看看，床的上方有兩張裸體藝術照，正對面是一張黑白裸照，一個年輕女子慵懶地躺在床單上，還有浪漫親吻的情侶，那是一對愛侶的古代浮雕。你可以在梳妝台上照鏡子，你需要的東西那裡都有：指甲油、探討美容問題的雜誌與手冊，談帽子流行款式與秀髮護理的書籍，還有一本《女人的魅力與美麗，年輕女孩該知道的事》，懷孕、受孕、更年期、避孕藥的研究，還有菸灰缸、剪刀、粉餅、衛生紙等。什麼都顧慮到了。也有鬧鐘、許多熱水袋、有水罐的臉盆、收音機與一台震動機。

有一次，來了女孩子，沿著蜿蜒小路逛過來。雖然她們會閱讀，可惜是蠢蛋。會閱讀不算什麼，現在人人都會閱讀。她們是兩姊妹，這是她們說的。她們走進花園，讀著牌子上的字，到處看看，甚至長得不錯，至少年輕。她們說自己搭便車上路，但停在這裡的車子不多。山谷結束於某處，沒有通往任何地方，只能到山洞裡。即使是夏天也很潮溼。我還以為你是她們那群的。我帶她們參觀宅子。

她們一看見報紙和栗子，就哈哈大笑，連我帶她們看睡覺的地方，把罐頭義大利水餃倒給她們吃的時候，也一樣笑個不停，不過那頓飯吃得很不錯。但是後來我敲門時，她們居然只是尖叫，然後就跑走了。我不過是想幫她們蓋被子，把我和她們一起蓋好，為她們展示一切、教導一切。我很高興她們走了，反正她們食量太大。愚蠢的女孩。

　　在一本關於女人情欲器官的書中，有外陰部的插圖。那是個被破處的女性外生殖器，這個擁有不同樂器的高雅管弦樂團有著許多名字與稱謂：例如以水蜜桃或貝殼來比喻。我們可以看見陰阜和恥骨弓，大陰唇和小陰唇，尿道口、陰道口、肛門口、會陰、前庭大腺、前庭球與處女膜。子宮是一口井，潮溼、深不可測，聞起來有蛾與苔蘚的味道。精確的河口、一畦窪地、一處深谷，一道看不見的深淵。欲望漫無止境，難以捉摸，問題繁多。性心理變態這個說法要小心使用。每一種異常都源自於正常；每一種正常也隱含著一絲異常。在每個變態身上，也會有一點正常感。那麼變態又是什麼呢？男人穿著女人絲襪，看起來就是穿著比使用襪夾的短襪優雅許多。男同志和女同志的性行為，和一般人的性行為沒有兩樣。

　　在《異常的特徵》一書中有張照片，十分猥褻，卻也很美。你不會想看，卻無法移開目光。那是情欲橫流的場面：一開始，你看到的是一男一女、女人臀部，兩人正在交媾；接著，卻看見他們兩人穿著黑色絲襪，並認出陰莖

根本不是真正的生殖器，而是借助當年流行過一段時間的
兩條透明吊襪帶，綁在一個女人的臀部上。物以類聚，才
能形成秩序。照片是很久以前一個朋友寄給我的。如今我
不再拆信了。我已經很多年沒再認識人，就是這樣。以前
郵差一週還會來一次，看看我是否還活著。現在沒信送來，
我也不拆信了，誰也不知道裡頭有什麼。你可能會寫信說
不想來了。我該怎麼回信？而且總有一天，我應該也會發
現裡面寫了什麼。我也無法寄東西給你。誰知道我的郵票
是不是還有效？誰知道信能不能寄達？誰知道你會不會看
信？所以最好留著吧。一切都保留下來。人什麼也不需要。
半升牛奶、一塊小麵包、一台整夜播放的收音機就夠了。

東德
共和國宮

＊共和國宮在海茲‧格拉芬德主導下，由東德建築學院集體設計。此代表性建築建立於一九五〇年遭炸毀的柏林城市宮原址、而後被命名為「馬克思—恩格斯廣場」的空地上。在耗時三十二個月的興建後，共和國宮於一九七六年四月二十三日落成，命名為「人民之家」。

這座建築物採狹長形設計，有五層樓高；最引人注目的是白色大理石鑲邊和鏡面青銅玻璃砌成的幕牆。除了可容納八百人的人民議會廳及上限五千人的活動大廳，還設有數間會議室和工作室、十三家餐廳、八座保齡球館、一間劇院和一間舞廳。

此處是政黨和國家領導階層的社會中心、前東德德國統一社會黨黨代表大會和人民議會的所在地，也是國內外重要會議和文化與休閒中心。主廳寬四十公尺、長八十公尺，有兩層樓高，內有一個最受歡迎的「玻璃花」聚會地點。主廳內還掛著十六幅德國知名畫家的大型畫作，標題為「共產黨人可以夢想嗎？」。

†為使這座建築物耐受柏林冰蝕谷地形的地下水壓，建築師設計了一個一百八十公尺長、八十六公尺寬、十一公尺深的混凝土槽作為地基。八個混凝土芯四周採用噴塗了石棉水泥

的鋼架結構。東德於一九六九年即禁用石棉，此處所用的噴塗石棉為例外許可。

一九九〇年八月二十三日，人民議會在宮內決議加入德國聯邦共和國。約莫一個月後，九月十九日，由於發現石棉污染，同樣的議會成員決定立即封閉共和國宮。一九九二年，德國聯邦議會贊成拆除該建築。從一九九八年到二〇〇三年間，專業公司約移除五千公噸的噴塗石棉，日後要拆除建物或裝修皆可。拆除致癌材質後，共和國宮回復到毛胚狀態。

共和國宮所在地於一九九一年重新命名為「宮廷廣場」，經過數次針對此地未來的建築競賽後，德國聯邦議會於二〇〇三年決議拆除共和國宮。二〇〇四年春到二〇〇五年底，毛胚狀態的共和國宮重新開放，作為臨時的文化用途場所。

後來由於激烈的抗議活動，最終拆除作業一再延宕。二〇〇六年二月六日拆除工作正式展開。原基本結構採用的瑞典鋼鐵，熔化後，賣給杜拜建造哈里發塔以及汽車工業製造引擎。二〇一三年三月開工重建具有歷史意義的柏林城市宮。

　　她從購物網袋中拿出包在布裡的蘆筍，攤開布，將蘆筍放在餐桌上，然後從冰箱旁陰涼角落的箱子裡拿出馬鈴薯，兩手滿滿的，好幾顆已經發青，甚至長出胖胖的短芽。看來那箱子還不夠暗，馬鈴薯最好放在地下室，只是煮熟後會帶點煤炭味。她拿一條灰色擦碗布，蓋在箱子上，看起來就像桌布。

洗衣機進行第二次高溫洗滌，幸運的話，今天就會乾，因為中午出了太陽。整個早上都陰沉沉的，好似隨時會下雨。

她開始削馬鈴薯，發青和長芽地方就削深一點。馬鈴薯清洗、切半後，放在爐灶旁的大碗內，她想盡可能把該準備的先準備好。中午她只吃了一片麵包，雖然是星期日，但自己一個人，她不想煮飯，太麻煩了。

才剛開始清洗蘆筍上的泥土，門鈴就響起。她急忙抓了擦手巾，走進走廊，打開門。

「啊，馬琳娜，妳現在有空嗎？」

是樓下斜對面的鄰居小利。

「有啊，進來啊！但我去一下廚房，馬上回來。」

小利神情有點疲憊。他是個親切隨和的人。他們晚上偶爾會小聚喝一杯，只是這陣子比較少了。

「霍爾格還沒回來吧？」

他匆匆瞥向客廳一眼。

她搖搖頭。小利和霍爾格一樣，學的也是軍醫，但他主修口腔科。

他還站在門口。

「唉呦，小利，鞋子真的不用脫。」

「唉，脫都脫了。」

他聳聳肩。

「小傢伙睡了嗎？」他的頭往臥室方向動了動，神情

看起來好疲憊，也許是和卡門有點問題？

「是啊，睡得很沉，她累壞了。今天空氣好，我們在外頭晃了大一圈。」

午餐後她立刻拉上窗簾，把她放在嬰兒床上。小傢伙一開始還嘟嘟囔囔，不一會就鴉雀無聲了。她本想再花幾小時好好備課，但上午全忘了這事。

「嗯。」他雙手插入褲子口袋裡。「朱莉也睡了。星期日這樣休息，也值得了。」

她把蘆筍一根一根放在乾布上。

「呦！為了買蘆筍，妳也去大排長龍了？」小利從口袋抽出雙手抱胸，臉上露出賊笑。

她噗嗤一笑，她可不是唯一從小菜園後面的農地偷採蘆筍的人。綠色蘆筍。聽說店裡有賣，但她從沒看過。傳聞都直接送到柏林的共和國宮了。

「是啊，希望不會被告發。」她用手巾擦了擦手，脫下圍裙。

「想喝什麼嗎？」

小利還光著腳站在門口，他個頭明顯比霍爾格小得多，臉上留著濃密的深色鬍鬚，髮際線後退，皮膚蒼白，幾乎有如白蠟。

「不，不用了。」他揮揮手。「我待會要去樓下的菜園。」

他們兩家和社區其他幾戶都分到新建物後面的一小塊

地，春天開始耕種。這塊地算是沙地，必須拿鏟子挖開草皮，去除沙子，讓表土露出來，然後種下馬鈴薯，以防長出雜草。小利甚至從農業生產合作社弄來有機肥，架設小型溫室，期待有不錯的收成。但最後收成微薄，不如預期。不過馬琳娜已經很滿意了，有豌豆、白蘿蔔、豆子、歐芹，甚至草莓，雖然只有一小碗，但也聊勝於無。

「來吧，我們去客廳。」

他讓她先走，穿過走廊。她關上臥室門，走在前面。

一道陽光落在門左邊自製木架上的魚缸。那是霍爾格的，裡面有好幾隻孔雀魚、黑馬麗魚、霓虹魚，還有一隻大多數時間蜷躲在洞穴裡的鯰魚。木架原本只有一層，但霍爾格不時又鋸了新木頭，於是有了較短的第二層板，最後甚至在最上方架了第三層，愈高層愈短，像極了金字塔。魚缸前還裝設了圍欄。

小利往沙發坐下，格子襯衫繃在肚皮上，袖子捲起，露出手臂黝黑的毛。

「馬琳娜，我們……」

他倒吸一口氣。然後坐起身，雙手交疊在腿上。

「我們想了很久，不知該不該告訴妳。」

他一個人坐在她面前，卻說「我們」，真奇怪。

他欲言又止。

「嗯……」他整理好頭緒後又說：「我們昨天去了柏林，妳知道。卡門有場報告，我和朱莉也跟去了。這一趟

很不錯，但是也不太一樣。」他的右手在空中揮了一下。

「啊，對。」她早忘了這檔事。

「之後我們想找個地方好好放鬆一下。」

他轉頭望向窗戶。逆著陽光的仙人掌，看起來灰僕僕的。該澆澆水了。

「於是我們去了共和國宮，滿特別的，妳知道。」

他的光腳和毛茸茸的腳趾頭踩在她的地毯上，看起來有點不雅。她看著茶几精雕細琢的桌腳。這張桌子是霍爾格前一陣子在鄰村一間破屋子裡發現的，相當老舊，可清楚看見蟲蛀的洞，那些洞永遠也抹不去。她和霍爾格用腳踏車走過森林沙地，一路運回家。

「馬琳娜……」他再次挺了挺腰。

「我們在那裡看到了霍爾格，身邊還有個女人。」

他注視著她。

「情況非常明確。」他微微抬起下巴，用手抹了抹臉，然後微縮起身子。

「我們只想讓妳知道這件事。」這話聽起來像道歉。

「卡門一開始認為這不關我們的事。」他用舌頭舔了舔牙。「但今天早上，我告訴她：如果哪天馬琳娜看到我和另一個女人在一起，卻什麼也不說，妳有何感想？」

情況十分明確？十分明確的情況。可憐的小利，太善良了，比卡門善良多了。卡門紮著辮子，嘴唇左上方有顆好似畫上去的美人痣。

　　「我也不知道該怎麼辦。」他的右腳不經意地抖動一下。「還是妳想和卡門聊聊？女人間的心事？」

　　卡門是藥劑師，但她們一直熱絡不起來。

　　「他應該沒看到我們。」他又說道。

　　桌子是綠色，是他們自己漆的，說不出的好看。

　　「謝謝。」她說道，但也不知道為什麼。

　　小利站起身。「那我走了。」雙手在大腿上擦了擦。

　　她聽著他在走廊上穿鞋，關上大門，走下樓梯。灰塵在光影中飛舞，這桌子其實醜得要命。

　　他轉過身，從後座上拿起公事包，放在大腿上，打開拉鍊。衣物間有一顆裝了水的水球，那是給小傢伙的禮物。他把水球拿在手裡。

　　「很漂亮。」阿辛姆說道：「她一定會很高興。」

　　淡綠色的水晃過來、晃過去，鴨子笑吟吟。霍爾格又把水球放入公事包，拿出三明治。

　　「你要嗎？」

　　他拆開麵包防油紙。

　　阿辛姆轉頭看了他一下，搖搖頭。

　　「不了，我不吃。」他的目光轉回車道，路上車不多。

　　「我可不想因此壞了我美好的飢餓欲望。」

　　霍爾格咬了一口麵包，茶腸三明治，麵包味道已經不新鮮了。那是他昨天一大早準備的，馬琳娜和小傢伙還在

睡夢中。他不想吵醒她們母女倆，走到門外樓梯間才穿鞋，和往常一樣，下樓一步走兩階，走了一公里到大路上。但那彷彿是很久以前的事了，他把麵包放回去，重新用防油紙包起來。

「想好好吃一頓，對吧？」

阿辛姆打了方向燈，踩下油門，超越一台摩托車。

霍爾格的手在膝蓋上擦了擦，這才發現自己好累，腦袋沉重無比。他很少喝酒，只是受不了早起和訓練。他還穿著運動短褲，阿辛姆一直催著要準時出發，可能是迫不及待想見到老婆。頒獎典禮後，根本沒時間好好和布麗姬道別。但老實說，他覺得這樣挺好的。

「可以找個地方停一下嗎？我尿急。」

他不喜歡道別。他不知道該說什麼，道別場面一過，就感覺如釋重負。

「拜託，你的膀胱怎麼跟女人一樣。」

阿辛姆真的沒話說，很有男子氣概。速度雖然不是最快的，但在投擲手榴彈方面一向不輸人，無需準備即可擲出，動作明確，一氣呵成，命中率有五成以上。

阿辛姆望向後視鏡，減速讓後面的一輛車先行，換低檔、打方向燈，行駛一小段距離後，彎入未鋪柏油的林道。不一會兒，他停車熄火，手離開方向盤放下，轉頭看他。

「好了，請吧。」

霍爾格下車，站在一處斜坡旁，直接對著蕁麻田解

放。綠樹籬上虎杖叢生，多刺的樹籬裡掛著未熟的黑莓。田埂後方，高壓電纜穿過田野上空，直接連結一座附帶木製穀倉的磚造農莊，穀倉旁立著沒有旗幟的旗杆。農作物仍綠油油一片，隨風搖曳。一切是如此平和寧靜，不過收割機隨時可能出現。他感受到背上的陽光。

他不禁想起高中一畢業就拿到大學入學許可的快樂時光，有種未來將一帆風順的踏實感。後來他的名字又上了榮譽榜，還以哥德字體印上，就像證書一般。他的記錄至今仍無人能及。

但現在呢？幾隻蚊子在周圍嗡嗡作響，他揮著手試圖驅趕。若無意外，三年後他就是醫生了，堅持一下，應該能撐過去。

「加油啊！你可以的！」

布麗姬當然又問起下次什麼時候再見，他不知該怎麼回答。

他打了個哈欠，拉起褲腰帶，回到車上。

阿辛姆啟動引擎，繼續上路。霍爾格轉身拿起後座的運動外套，塞到椅背和車窗框之間，把頭靠了上去。他打量著阿辛姆，他額頭上冒著幾顆汗珠；阿辛姆始終知道自己想要什麼。只是和他在一起無需講太多話。

霍爾格轉頭望向車窗，從車裡往外看，景致截然不同。這段路，他一向只搭火車。

他們的車行經一座小鎮，街道全是石子路。他看著車

外的人，一個穿著圍裙的老婦人站在她家花園裡，雙手扠腰；一對年輕夫妻推著嬰兒車走在路上；兩個騎單車的男孩鬆開手，穿梭在人行道上。

他閉上眼睛，感受車子隨著路面顛簸。他想休息一下。他曾和父母去過共和國宮，就在宣誓典禮過後，甚至還穿了西裝。雖然大家都講過在那裡看到的一切，包括旗幟、鏡面玻璃、大理石、排隊的人龍等等，但他已經記不大清楚了。

他忘了究竟是自己還是布麗姬提議去共和國宮，反正就是去了。他們也沒排隊太久，還在酒館裡找到了面向施普雷河的位子，這在週六晚上真是難得，一切都很順利。他幫她拉開椅子，她坐了下來，完全不以為意。他們兩人穿著不合宜的服裝，但無所謂。布麗姬認為要好好慶祝一下，儘管他們也沒贏。她是他認識唯一會刮腋毛的女孩。

他睜開眼睛，看著壓扁在擋風玻璃上的昆蟲屍體。軍中的天堂路才是最可怕的，通過之後就所向披靡了。水溝、越野賽跑不過是小意思。

他再度坐起身，搖下車窗，手肘靠上去。這樣吹著風好舒服。

田野、森林、電線桿、巨大的火車倉庫廢墟、看不到盡頭的椴樹大道，在車外呼嘯而過。他是醫生了，至少是個準醫生。

他雙手交叉枕在腦後。

孩子睜大眼睛站在嬰兒床裡，一隻手圓鼓鼓的小指頭抓著欄杆，另一隻手穿過欄杆，朝她的方向揮動，笑開的嘴裡潔白的小貝齒閃亮著。

她抱起小傢伙，放在雙人床旁的五斗櫃上，先脫掉她的連腳褲，再脫掉防水尿布褲，最後換掉溼透的布尿布。

小傢伙自顧自地咿咿呀呀，小拳頭在空中揮舞，腳丫子也不時踢到她的手臂和胸部。棉花尿布墊印滿黃色的泰迪熊：拿著氣球的、在雨傘裡搖搖晃晃的，還有一隻騎在馬背上；這些泰迪熊不斷交替出現。

她抱起小傢伙，放在便盆上，然後進了廚房，把水壺放上爐灶；打開櫥櫃，拿出咖啡罐，挖了一杓放進杯子。

她回到臥室，小傢伙嘴裡正在啃咬從雙人床滑落的被子一角。她小心翼翼從她嘴裡拉出已沾滿口水的布，抓了一隻蘑菇娃娃塞到她手裡，將被子推回床上，撫弄幾下整平，再讓小傢伙躺在尿布墊上，用溼布擦拭她的小屁屁。

她正要將摺成三角形的尿布塞到小胖腿之間，廚房傳來水壺煮開的聲音。蘑菇娃娃掉到地上。她三兩下迅速包好尿布，再拉上防水褲，抱起小傢伙，快步走進廚房。

她關掉瓦斯，把熱水倒入剛放了咖啡粉的杯子裡。小傢伙緊緊抓住她的上衣，頭靠在她脖子上。她感覺到胸口上的小手攬得死緊，趕緊把她放到客廳的圍欄內，試圖讓她鬆手。

「好了。」她說道：「好了，好了唷。」小傢伙終於

鬆手了。

她回到臥房，把便盆拿到浴室，倒入馬桶，沖水，再把馬桶蓋放下，坐上去。

窗戶半開著，孩子們在外頭玩球，嬉鬧聲迴盪在新建築物之間。她站起身，把窗簾推到一邊，往外看。一個小男孩正頭朝下身體掛在單槓上，頭髮就像絲線般垂在空中。一個戴眼鏡的金髮女孩是個生面孔，獨自坐在蹺蹺板上。她緊抓把手，蹬起雙腳站起來，把蹺蹺板拉高，再坐下往前盪，撞到凸出沙地的輪胎後，又立刻站起來，踮起腳尖又往前盪，一次又一次。她快速拉上窗簾。衣服應該早就洗好了。

她打開洗衣機，粗魯地拉出溼透的衣物，塞進浴缸上方的脫水機。右手按住機蓋，左手將旋鈕往下轉。脫水機開始動作，大量的水流入浴缸，一開始很多，愈來愈少，最後慢慢沒了，只剩滴水。她關掉馬達。

橡膠環圈又脫落了。她把它重新壓回去，打開蓋子，一件一件拿出脫水機裡的衣服，吊在橫拉在浴室裡的繩索上。主要是尿布、內衣和毛巾，看來明天一定也乾不了。上週她還每天早上換掉床單，因為霍爾格尿床。不可思議。

她關上脫水機的蓋子。

她正想把便盆拿回臥室，視線突然落在走廊橢圓形鏡子旁掛的獎牌。田徑、十項全能、全方位軍事競賽等，獎牌在彩色帶子上晃動。她還年輕呀。還這麼年輕。

　　她猛地扯下獎牌，獎牌啪啪啪地掉落在地上，鏡子晃了幾下，但還掛在牆上。

　　她把便盆放在嬰兒床前，打開窗戶，回到走廊。從廚房拿了咖啡出來，走進客廳，把杯子放在綠色桌子上，然後整個人倒落在沙發上。

　　小傢伙雙腿大開，坐在圍欄裡，嚎啕大哭，滿臉通紅，嘴邊流著一條口水。水族箱裡打著黃光，藍豔豔的霓虹魚正游來游去，冒出的小小氣泡不斷往上升。孔雀魚已不見蹤影，泵浦發出均勻的嗡嗡聲。那隻黑白花紋的鯰魚正用大嘴巴吸吮著玻璃上的藻類，白框的眼睛死氣沉沉。臥室門忽然砰得關上。

　　她的目光一路游移，從玫瑰花枝圖案的壁紙、土黃色的爐灶、裝設壁櫃的牆面，壁櫃裡有電視、地圖、上下兩冊字典、社會主義寫實主義和奧林匹克運動會的畫冊，然後是虎尾蘭和窗台上的仙人掌，再到她懷孕時縫製的花卉圖案抱枕套。沙發上方掛著兩小幅裱框的印刷帆船畫，桌上擺著霍爾格親手做的水果盤。

　　杯子裡的咖啡還是滿的，她一口也沒喝。

　　她站起身，走向嬰兒圍欄。

　　遠遠就看見紅燈閃爍著，那是和默克伯格無線電塔相交的十字路口。過了路口，就抵達他熟悉的森林。天氣突然涼了，霍爾格搖起車窗。阿辛姆打了方向燈，把車往右

側停在公路修護屋前的公車站旁。

「那麼，明天見了。」

他的手指在包覆亮銀色長毛絨布的方向盤上摸了摸。

「謝囉，阿辛姆。」

霍爾格拿起自己的公事包，打開車門下車，然後關上副駕駛座的車門。

深藍色拉達車的方向燈開始閃爍，重新轉入車道。霍爾格看著車子駛離，想記住車牌的字母和數字，但記不住。最後車子轉了個彎，消失在林中。

他轉過身，走入街道左側一條狹小的人行道。半路上只有一盞燈，才近黃昏，燈已經亮起。路堤的石頭在燈光下依稀閃爍。

還沒到小鎮入口標示牌，就有一排獨棟和雙併的房子，前面花園裡，玫瑰和飛燕草爭妍盛開。現已作為車庫使用的馬廄入口上方，有塊生鏽鐵片上掛了一副老舊馬具。公車站被亂畫一通，和往常一樣，後方有幾個青少年在閒晃和抽菸，旁邊躺著幾輛單車。其中兩人抬了一下臉，朝他的方向微微點頭，隨即低下。至少他們打招呼了，他們知道他住在軍人大樓，沒人喜歡軍人。他走到街道另一側，隱約能聽見樹籬後方的潺潺流水聲，住家附近有河流，總是有助於定位，跟著它就能找到你的目的地。目標一旦明確，一切就簡單多了。

他過了橋，走上坡，轉入教堂後面的小路。合作社前

面有輛後座裝有載物保護網的紅色女用腳踏車，從沒上鎖。合作社後方看得到學校建築的輪廓。市長家那黃色棚屋的左窗窗簾往側邊開了一個小縫。從這裡也看得到社區那三棟彼此錯開的新建物，有些窗裡已經亮起了燈。這裡是柏油路的盡頭，之後全是泥土路。天氣突然轉涼，他停下腳步，取下肩膀上的運動外套穿好。

兒童遊戲場地上躺著一顆洩了氣的髒排球。攀爬架下方的支撐桿，顏色已經斑駁，儘管還算新，不到兩年。他抬頭望向家裡，廚房燈亮著，浴室是暗的。他在期待什麼？他不知道。

他打開大門，拾階而上，走到二樓。小利家開著電視。他的腳步聲迴盪在樓梯間。施布列特史托塞家的門前有豌豆燉湯的味道。

她下菜園的工作鞋放在門口的腳踏墊旁，上頭黏著土，還覆了薄薄一層灰。腳踏墊歪了，他用腳把它踢正。門牌上，他和她名字刻在黃銅裡。他真的好累。

他知道自己的鑰匙就在公事包前側的夾層裡，還是伸手按了門鈴。屋裡傳來關冰箱門的聲音，彷彿過了一世紀，門才打開。

她已經穿上睡衣，他伸手攬她入懷，她從了他，但別過頭去。他放開她，將公事包放在玄關衣櫃下方，然後蹲下脫鞋。

「小傢伙睡了？」

他抬頭看她。

馬琳娜飛快點個頭，就消失在廚房裡。四周一片黑暗，只有餐桌上方的燈在桌布上落下一圈光亮。

他換上家居鞋，打開臥室門。孩子安靜地躺在自己的床上，兩手臂高舉在頭兩側，呼吸緩慢又規律。他把食指伸進小傢伙半開的手裡，她的表情不可思議地滿足。他稍微拉高孩子身上的被子，離開臥室，輕輕帶上房門。他的公事包還在玄關衣櫃下方，他拿起來。

他想拿出公事包裡的三明治，卻摸到了鴨子水球。他把水球拿進廚房。

馬琳娜坐在餐桌旁，頭往後仰。

「我們輸了，但我買了小傢伙的禮物。」他把水球放在她面前的桌上，然後走向冰箱，打開冰箱門，往裡頭看了一會兒，又關上門。水槽旁放了削好皮的馬鈴薯和綠色蘆筍。他很想泡杯洋甘菊茶，但又不敢用水壺。

他走到桌邊，拉開椅子坐了下來，伸手摸摸她的手臂，但不知道接下來該怎麼辦，於是縮回了手。

這時，她才看著他。他聳了聳肩，深吸一口氣。她的眼睛，幾乎是黑色的。

奢湖
基瑙的月理學

*來自蘇爾的牧師與業餘天文學家戈特佛里・阿道夫・基瑙，將三十多年的歲月貢獻給月理學。他所繪製的地形圖尤顯謹慎詳細，在同時代的月球研究中備受推崇。

†基瑙的觀測資料保存下來的少之又少，如一八四八年發表的〈月溪〉論文，大眾天文學雜誌《天狼星》上的兩篇月理學文章，可能於二次大戰期間燒毀在雜誌社的圖片庫中。

月球朝向地球的那一面，在南邊高地有個隕石坑。一九三二年，國際天文學聯合會採用一八七六年天文學家埃德蒙・尼森建議的名稱，授予「基瑙」之名。一九三八年，英國天文協會所編撰的《月亮名錄》裡，亦即收錄月亮相關專有名詞的指南，有一段說明：「C・A・基瑙（?-850），植物學家與月理學家，任職於施瓦岑貝格伯爵位於南波希米亞的莊園，一八四二年發表了兩篇有毒植物與菇類論文。」然而，即使搜遍全世界，也找不到一個叫作基瑙的植物學家。二〇〇七，美國地質調查局刪除植物學家C・A・基瑙之名，更正為戈特佛里・阿道夫・基瑙牧師。至今為止，始終沒有發現C・A・基瑙的任何蹤跡。

　　我何時出生，出生時有什麼預兆，對我們研究的主題

毫無幫助。值得一提的是，在我落入塵世之際，正是獅子座流星雨年年重現的夜晚，滿天星空為毫無防備的眼睛準備了光亮璀璨的極景，至少在那個時代，瓦斯燈及其糟糕後繼者亮起的刺眼光線，尚未將夜晚的沉黑變成永無止境的黃昏。就這樣，我還是年輕神學生時，生日前後降下的熾亮流星雨，那盛大莊嚴的火雨，無窮無盡的閃爍流星照亮穹蒼，在我內心深處播下隱形的種子，數十年後才發芽茁壯，綻放熱情的花朵：對繁星燦爛的夜晚、星球與其衛星的愛，最後將我引領到更高卻遙遠的領域，那個我今日有義務稱為家的地方。

不過，鑑於我出身農村，一開始感興趣的是植物學，真心渴望在完成高等森林學的學業後，努力謀求一個穩定的給薪職務，透過職務帶來的各種權限，提升我的研究。

我在家鄉找到了工作，成為施瓦岑貝格閣下約翰・阿道夫二世侯爵南部莊園的管理人，先是照管畢茲產業，而後接手福布斯莊園，這兩處地產位於莫爾道河右岸，地勢不佳，特別暴露；之後由於高層進行大規模改革，我轉升至侯爵統治中心、克魯姆洛夫城的城堡，侯爵就住在莫爾道河畔這座陡峭山崖上的城堡。即使氣候潮溼，天象惡劣，伴有早晚霜，儘管有肥沃、但風化剝蝕的土壤，也無法彌補，加上廣袤的領地愈靠近野熊出沒的遼闊波希米亞森林，農業環境愈糟糕，我還是喜歡上了這裡。

我勤奮工作，堅定不移，就如三月革命時期年輕省籍

公務員的普遍表現；閒暇之餘，我並未鑽研農業年度循環的重要飼料作物和經濟作物，而是投入有毒植物的頑固現象。對人類無益、卻會毒害人類和牲畜的植物，一直以來深深吸引我。我尤其著迷於它們神祕莫測的作用方式，似乎自有一種完全隱匿於無形的秩序；但由於缺乏明確特徵，這種經常危及生命的植物無法與無害植物有所區分；更甚者，反而往往與無害植物同屬一科，若是入菜食用，立刻引發呼吸困難與嘔吐。當年，鵝膏菌是波希米亞居民的主食；母親會把一束龍葵放在搖籃裡讓嬰兒好睡，甚或強迫入睡；探賣草藥的老婦人拿著淨化過的歐白頭翁，到處施展致命手藝；顛茄黑亮的果實美得讓人嘴饞，食用後，一個單純的人也時不時暴躁癲狂。

於是我在路旁和溪邊，在牧場與田野，採集、檢查看見的植物，研究死於致命飲食的牲畜肚裡焦灼的腸子，寫滿我的觀察筆記。我有個遠大的目標，希望出版一本波希米亞有毒植物綱要，並發表一篇論文，記錄本地美味可口卻往往具有毒性的鵝膏菌。當時長期受到忽視、不久前才在捷克真菌學家克隆霍茲手中史無前例復興的隱花植物學，正好能為我日後的工作領域預做準備：確保祕密能延續下去。

即使我沒有從觀察中推導出基本規則，研究結果依然受人欣賞。一場細緻的科學交流於焉展開，我身為多個學術團體的新選會員，很快就以為自己是擴充世界知識的圈

內人士，即使是篩選植物這種微小的主題也一樣。那是段美好的時光。我採集植物，進行研究，照管侯爵莊園裡的圖書，完美證明自己非但是嚴格的主管，也是學識淵博的部屬。此外，我還中意一位女性，她也充分回報我的心意，沒有阻止我的求婚。歲月流逝，收割後打穀脫粒，採完啤酒花後摘水果，青飼料之後是甜菜籽。我策畫許多增加耕地面積的措施，亦不乏獲得應有的效益，例如開墾森林、耕作荒地、排乾沼澤、抽掉水塘，完全露出泥濘的底部。我的注意力就這樣望向未來與各種權宜之計，逐漸犧牲掉了研究。但是，當我把放大鏡往大自然拉得愈近，愈發覺得，自然界中數不勝數的各色形變，是種無法駕馭的混亂，沒有任何統治之手得以收服——致力於將實踐和理論融為一體的人，就明白這種現象。你挖空心思，在腦中將其分門別類，制定成形，以為自己豐富了知識界，實則開始將其混淆。

於是在我心中，萬有秩序呈現的燦爛願景，竟結合著卑鄙惡劣的莫名感受，由一連串放肆至極的盜伐事件苦澀地餵養。每株受損的樹幹都是我的肉中刺，周圍皮肉因榮譽感受傷而潰瘍化膿。我在森林裡漫無目的地遊蕩，試圖擺脫這種軟弱毒藥，從中清醒，因此愈來愈少上教堂。就這樣，在一個週日，我一如往常漫步在波希米亞森林濃蔭的林木間，挺進一處杉木群的幽暗深處，由於風吹雨打、樹梢斷裂而形成的無數空地上，到處是萎死的樹幹，森林

傷痕累累，滿目瘡痍。我從地上拔起一片特別華美的蕨類葉子，進一步細看後發現，這株君王藥草的根，竟如同正在消逝的下弦月，我心中這時忽地湧現一股異常的恐懼——我有先見之明，傾向稱其為恐懼。從此，這一刻便如幻象如影隨形，嵌入莊嚴神盛的靜謐裡，任何吟唱、喊叫，就連一聲輕微的鳥鳴都無法打斷。這個我立即認同是超凡力量標誌的確實徵兆，壓在我的靈魂上彷彿還不夠沉重似的，短短幾天後（一八四二年七月八日破曉），大月輪的灰藍陰影落在我身上，即使我當時的居住地欣賞不到完整的日全蝕，唯有往南一百哩才看得到。那一天，火球逐漸縮成細帶，死白的光線幻化了宮廷，家禽不再作聲，紛紛躲入棚屋。在我體內，血液全往心臟擠壓，令我頭暈目眩。忽然間，我豁然開朗：想要攀登知識樹的強壯植物枝幹，直上樹梢最頂端，就必須擁抱籠罩萬物的穹蒼所展現的雄偉奇觀。

　　我從暗自發芽的植物轉向星辰的祕密秩序，這事也容易理解。新研究開始不久，我便更加篤定，自古以來，鍊金術士一開始大都是植物學家，而傑出的鍊金術士同時也是占星家與天文學家。就像那動人理論的創作者，根據其理論，每株植物都有一個天體孿生手足。毒物學與天文學牽連甚深，從〈啟示錄〉當時仍無法思議的詩句即可獲得證明，詩句預告了茵陳彗星的致命撞擊，造成全球三分之一的人口死亡，也銷毀能永久保存的 DNA 石英檔案；因

此，我們在此地的行動更加迫切，儘管我們的工作範圍經過審慎思考後，限定在通常歸為類比的貨物上，而非介於零與一之間需要電器設備的短暫狀態。在那些日子，人類因為堅信自己的創造力無懈可擊而被愚弄，再一次經歷無知的可怕後果。地球忽然不再是安全的地方，而且以後再也不會是了。

不到一年，我不僅充分瞭解蒼天現象，也發現我偏愛最靠近的這個星體。我深入研究她斑斑疤痕的外貌，將夜晚揮灑在一步步發現並細膩描繪她損傷又純潔原始的獨特發光表面，從中體驗到前所未有的樂趣。我在百威市買到焦距三吋的五吋折射望遠鏡，學會以肉眼仔細觀看，就像以前觀察隱藏在柔嫩薄膜裡的孢子。在顯微鏡底下一如透過望遠鏡，近即是遠，更高的真理顯現於最隱微與最遙遠的造物上。我以前就熱愛冷僻的現象，所以不意外一開始也被這個對象的最外緣迷住，亦即月球遵循複雜的規則，微微蹣跚，自轉到某些特定相位才得以窺見的區域。對我而言，佩脫拉克、維吉爾、塞內卡與西塞羅，是日落時陰影無與倫比的第谷隕石坑、破曉時分的柏拉圖環形山、靠近明暗分界線的伽桑狄撞擊坑、平坦的林奈隕石坑；它們全是我忠實的友人，是我夜晚喃喃獨白的安靜傾聽者。並非它們對我有所回應！月球的本質是沉默，這點眾所周知。那是慈愛的沉默，與侯爵底下狂妄僕役的沉默不同，不帶有輕蔑的懲罰，而是以慈悲和良善酬報我每一道虔誠

的目光。

　　從此以後，我白日只為黑夜而活。我渴望夜之黑暗滅絕俗世，諂媚星輝；渴望昏暗的季節，太陽提早西下，允我忽略世俗的職務，默默效命於新主人。

　　少之又少的人願意像我一樣走上這樣一條路。要以自我的記憶和穩定的官職，換取更高真理或授予聖職的模糊前景，需要的不是勇氣，而是謙卑。只要有人還記得你，想要消失就需要高超的技巧，遑論在克魯姆洛夫這種地方擔任重要的職務；即使經過一八四八年這個命運天定的年份，當權者損失原有的義務勞役，也悲嘆失去幾處最好的產業，克魯姆洛夫仍舊是帝國最出色的一座城市。侯爵年年巡視領土，確保繁榮興盛，就如同父親照顧孩子一般；因此，他也關心我的動向，因為懷疑我沒有父親，又年幼他幾歲，很有可能是他的弟弟；然而，母親臨終前暗示我或許並非如此。她的喪禮過後，緊接而來的幾次喪禮更令人痛心，最後我擔憂自己永遠不會走上最痛苦的那條沉重之路，於是一意孤行選擇了人人遲早會面臨的命運，不在乎自己的名字是否立刻褪色，還是經過四代或四十四代之後才變得模糊。環境對我的企圖有利，而非加重負擔：我所需管理的地產面積大幅縮減；兩個我可以傳授知識的孩子，也被瘟疫奪去性命，躺在教堂墓地裡；加上那幾年嚴重饑荒，妻子頑固耽於迷信，將一切歸咎於那顆衛星的不良影響。我沒有能力開導她，也無法減輕她默默譴責的痛

苦；反之，她無法忍受我對月亮的狂熱。她沒有父母，也沒有手足能夠哀悼她驟然離世，甚或懷疑離世的原因。根據現行的自然法則，反正我也不可能帶著她。我們每個人在跨越最後門檻時，都必須將一切丟下。

我同前人和後人一樣，降落在雨海，那見不到太陽的海；我赤身裸體，凍得喘不過氣來，宛如降生。結束必需的隔離過程後，我被任命為研究生，感覺是整個完善組織中最小的螺絲釘。受到組織令人信服的標準流程所激勵，我忠實執行交辦給我的任務，其中最優先的職責是將送抵的貨物初步分門別類。

人人皆知，義大利詩人阿里奧斯托在他的代表作《瘋狂的羅蘭》中，曾經散播謠言，聲稱地球上消失的一切，全部來到我們月球這裡。這個想法幾乎是他一字不落抄自阿伯提，阿伯提又是以前從巴度亞某個頭腦糊塗的饒舌婦那兒偶然聽來的。說實話，他們三人都誇大了，以為在這個寓言之地可以找到自己私下想念的一切：消失的歲月、沒落的帝國、流逝的愛與未被聽見的祈禱。

事實上，離心力是反向作用的。同理而言，並非地球讓月亮運行在其軌道上，而是月亮讓地球運行在其軌道，因此應得母行星這個稱號的是月亮，她毫無疑問是徹底改變世界的阿基米德支點。地球什麼都不是，月亮這面驚人偽裝依賴的沉靜鈣化鏡才是一切。日後宇宙翻轉變化，這顆衛星在脆弱的組織中接收她自始就祕密占據的優勢地

位，只是遲早的問題。從我多次居中調停僕役與主人的經
驗證明，往往是主人對僕役負有義務，而非相反。

　　人人皆知，在我遷居的那段時間，物理學家邁爾進行
的首批拙劣實驗證明，一切運動與熱不過是同一種力的不
同表現形式，因此能量幾乎不會消失。那個能量守恆定律，
調節兩個星體間的廣泛相互關係，並說明來到我們這裡的
一切，最後都會消失在地球上：它們經過掌管月亮與地球
事務的獨立單位地月部挑選，遵循公正、但終究諱莫如深
的原則，找到進入這個世界的路徑，亦即跨入檔案館失去
重力的中間領域，擺脫非生即死的古老分類。

　　因此，唯有在無疑輝煌卻已然逝去的短暫時代，才會
毫無例外保留來到此地的一切。若是相信即使違背禁令也
依然流傳的口頭傳說，那麼就會有奧爾梅克石像；歷史上
代達羅斯作坊出土的克里特島迷宮泥模；一只描繪阿爾戈
斯舉辦的希布里斯提卡節的花瓶，那是敬拜繆思的女僕泰
勒希拉的慶典，參加者必須女扮男裝或男扮女裝；人面獅
身雄偉的鼻子；托勒密《至大論》的阿拉伯文譯本第二版，
以金色字母寫在二百二十呎長的龍腸上；以及尤里比底斯
的《波里耶杜斯》在遺忘的黑暗中晶亮閃耀的詩句：「焉
知生無非死，死無非生？」這句話鞭辟入裡，表達出我們
為何被選擇或詛咒至此處；此外，還有保存在格陵蘭冰層
內的半打原子彈；以青蛙頭顱骨製成的耶穌受難小十字架；
若干完整、但截然不同的《祕密中的祕密》抄本；西蒙尼‧

馬蒂尼為佩脫拉克的愛慕對象蘿拉‧德‧諾芙繪製的精緻肖像，但那幅畫只證明這位備受讚頌的美人其實傲慢自大；只有祭司能閱讀的怪異馬雅手抄本，其他人不能看；驚人的是，還有許多女性的著作，可惜名字已不在我的記憶裡。

那個時代之後，緊接著一段過渡期。在此期間，由一群當選者負責挑揀與保存；其中有幾位出色絕頂的記憶藝術家，無法擺脫我們星球的召喚，之後由同樣出類拔萃的遺忘藝術家取而代之，因為管理階層洞悉，遺忘者更有能力掌控抵達的物品。

幾乎就像在地球一樣：每個世代都會重新安排物資，每個統治者都會為自身昌盛構思新的思想體系。實際活動一時衰退，理論反而會更加耀眼。過分疏忽之後，便繼之以誇張的謹慎。不乏認為兩者雖成就許多、卻錯失更多的異議，然而這種質疑其實誤判了普遍的空間不足問題。這項不尋常的挑戰，從檔案建立初始，便與每個檔案形影不離，任一虛構的體系都無法解決，尤其本地空間有限，比國力鼎盛時期的俄羅斯帝國大不了多少。

有一次頒布公告，要求以永久、但有所限制的圖書館為典範保存物品，另一次卻又要以改良後的縮小副本取代原件。最後證明，所選擇的基座無法兼具此類浩大行動所期待的特點，部分精采美妙的副本於是毫無用處，一如之前失效的原件，經過專業處理後作廢。

地月部的指令往往令本地人民瞠目結舌。月球人絕非

由人類種族中值得尊敬的代表所組成，反倒像良莠不齊者胡亂粗心拼湊的群體，他們唯一的關聯，只有以前與衛星建立起的脆弱聯繫。概觀而論，起源於不同傳統文化圈中的聯繫也形形色色。根據我的兩種故鄉語言，月亮於我始終是男性，但本地不少管理人員認爲她是媚惑人心的女子月娘，滿族人甚至視之爲帶著研缽的神兔；遺憾的是，依照盎格魯薩克遜的說法，月亮也引誘夢遊者和瘋子至此地逗留。後者尤其無力抗拒罪惡的風俗，巴不得在永無止境的歌聲中，細數遭受太陽風惡行的紀念碑之名，在漫長的月夜裡施行召喚術；有些同僚，不僅是墮落至極的幾位，應該爲他們戛然終止的永恆生命贖罪——如果願意讓我們如此稱呼此地的生活。完全沒有歷史，是永生的最高美德。此地容不下俗世憂傷的可悲殘餘。倘若耽於憂傷，將會喪失在此的存在。比起地球的管理者，月球檔案員更需要注意此點。所以他服務時必須一視同仁，爲了眾人利益，不可心繫任何物資；何況時間的貪食之齒，也只允許極小部分的物質，在一段時間保存其曾經具有的形式。

　　當然，地月部的分類沒有止境，因此想要爲未來保存一切物資的努力（爲過去與未來的一切，建立一個不可消除的儲存器），沒多久就被放逐到永無可能之境，返回地球亦然。地球宛如白雲繚繞的彈珠，在我們眼前冷漠旋轉，對我們的辛勞毫無所察。愈來愈無法忍受這種光景的，不只是我。因此，當我終於獲得長久企盼的晉升時，沒有遭

遇到值得說嘴的反對，於是我將檔案室移至背對行星的反面，最終再完全遷至地底。前輩的失敗讓我氣餒，卻同時也是挑戰，我在月球背面不見天日的奢湖深處創建一個系統，其輝煌的核心就在於下指示，僅保存與月球有關的物品。我認為光憑這一點，此番投入基本上即價值非凡，因為在探討衛星的作品中，那個永遠繞著自己轉動的自私行星的歷史，被描摹得猶如一張夢網。亞里斯多德已經推測到夢境與泄殖腔密不可分。而月球的隕石坑，恰如孕育夢境的腸，是靈魂的真正所在，由我們月球合作社的種種眷戀所滋養，猶如一群單純而貪婪的細菌，形形色色，生機盎然。

除掉殘餘物品的快意難以形容，它們全都犯下不可饒恕的錯誤（不論就浪漫主義者或其後許多團體所謂的濫用或隱喻意義而言），一次也沒有提起衛星的名字，我們的故鄉。物品一旦通過我嚴格的篩選條件，安然挺過遺留下來的秩序怒火，均會收入月宮檔案室。最核心的部門收藏著巴比倫的《日月食典》、描繪粉紅色日珥的日本水墨畫冊、一部名為《月球第一人》的罕見默片、月之女神騎著鑲金人馬的機械八音鐘、伽利略《星際信使》的清樣。書中拿我的家鄉波希米亞比較了一個月球隕石坑的形狀，以及我在審理退件申請時，改良根本問題後失而復得的大量月岩。簡而言之，一切似乎安排妥當。然而，僅是提及月亮，不再能滿足我自認為英明的規定，還必須確確實實表

達才行，因為自古以來，再輝煌的月亮理論也難逃瑕疵，
無非總是在月亮裡尋找地球，希望在月亮中看見那不足的
自己，看見弱小畸形的雙胞胎——那場史前災難的殘餘。
當時依舊年輕的地球與無名行星相撞，地球上的生命雖得
以萌發，她的一塊卻也竭力掙脫而去，成為運行在自己軌
道上的衛星，一個較晚誕生的不成器寫照，一面盲目的鏡
子，一顆冰卻的星星。

　　啊，真希望我的大刀闊斧能夠有所節制！因為重新檢
查庫存時，我竟然在內布拉星盤和女樞密官維特創作的早
期月球山脈蠟浮雕之間，發現一卷月理學；令我錯愕驚訝
的是，上面居然有我的簽名，但並非由我親手簽下。克卜
勒在夢中面對他的魔鬼時，應該就是這種感覺。曾經以為
遺留在地球上的種種情緒，在我內心紛紛甦醒；在那些出
自勤奮而非才華的繪畫中，我又與心懷景仰而久久凝望的
山形相逢，不過近看時的震撼，遠遠不及我當年花費韶光
年華的遠處眺望。於是，從遺忘的面紗下，再次浮現那個
出現千載難逢機會的極樂午後，那時多虧有地照，我才能
觀察今日工作地點的暗面，將其繪製下來：阿里斯塔克隕
石坑光亮閃耀，濕海從清晰的暗面浮現而出，格里馬爾狄
隕石坑一片灰黑。我回味著從安睡中猛然驚醒的記憶，早
已澆熄的渴望再度充盈我心。這股渴望帶領我到遙遠的此
地，進入無光洞穴與層層疊疊混亂地帶所建構的迷宮。而
今，一切在我眼前，不容置疑，曾經讚嘆萬分的對象，在

日常操勞中化爲烏有；燦爛光明的未來，成爲難以觸及的
過去。唯有現在，當下這朵柔嫩之花，始終對我隱匿芳蹤。

　　如今，我登峰造極，貌似合情合理坐擁奇珍異寶，然
而往昔的喜悅與新近的痛苦，化成幽靈從中吹拂而來，我
現在敏感得猶如暴露在外的神經。不久前，我誤以爲仍安
全如身處母腹中的肉身驟然冰凍，我的崇高信念一去不
返，有如薛西弗斯再三徒勞完成的重複工作，令我極端厭
惡，因爲未來無一方法能夠隱蔽我如今的悲傷確信：月球
就如每一處檔案室，絕非儲存之處，而是肆意毀滅之所，
是地球的埋屍地；要保護我單純的作品月宮，使其避掉註
定的災禍（由於出乎意料更嚴格、更縝密的秩序而產生的
必然變化），唯一可行的方法是，在受命銷毀之前，先親
自動手。

　　瞭解月亮，代表瞭解自己。如今，在我卑微存在的最
外緣，我敢說自己在初期便成功做到了；然而，那些認知
仍不同於絕大部分的眞理，未能同時減緩其所產生的痛
苦，劑量太高時，反而讓良藥凝結成毒。我後來習得的洞
見，也與暗影中的半熟果實同樣苦澀。月亮始終如一，宇
宙與閃爍光輝早已熄滅的眾星，依然是永恆的古老歷史之
地。和他人一樣，月亮宛如仍舊疼痛的幻肢，只令我想起
曾經失去的完美、誕生時無法度量的創傷，其時的蠻橫暴
力於我自然比無法逃離的死亡更加神祕。但由於記憶可以
習得，而遺忘不行，因此我的回家之路受到了阻攔，無法

如我的孿生分身遁入對林奈分類法或耶穌十字架的信仰，進而免於命運的擺弄。因此，我離開一種不再、或者從未名實相副的生活，也離開一個嚴格而言不比其他職業更無用的工作。如今我明白，可怖之事已然發生過，而即將降臨的，也不過是太初之始壓擠而來的後果；正如同那迫近的遙遠時刻，中央星將逐漸燃燒殆盡，周圍的附屬天體也將隨太陽一同蒸發。我多麼希望，我這身凡人之軀的殘餘，能如斯多澤克森林裡那株高聳的雲杉，伐木者雖然砍倒一百二十五歲的樹身，卻無法砍斷樹幹，也無法另外加工，因為找不到大得足以覆蓋樹徑的鋸子，只好任憑龐然樹幹原地腐爛。地球上，腐爛的軀幹很快會爬滿豐富的苔蘚和真菌，腐化以綿綿不絕的炙熱炭火催速了生命的循環；然而，在處理廢物的隕石坑裡沒有重生，只有腐朽，瓦解成細小的灰色帶電塵埃——這是本地幾近於真空的超稀薄大氣層獨一無二促成的不可逆轉過程。

中文版註釋

格里克的獨角獸

1 卡托布雷帕斯（Katoblepas）：神話中的生物，豬頭、水牛身。
  幸好因脖子細長，撐不起巨大頭顱，否則能殺人的目光可能
  導致身邊生物死亡。

2 巴西利斯克（Basilisk）：歐洲傳說中的蛇類之王，目光能致
  人於死。

3 希柏波瑞亞（Hyperborea）：傳說故事中位在極北之處的國度。

薩切堤別墅

1 奧勒良城牆（aurelianischen Mauern）：建於西元三世紀的羅
  馬環城古牆，長十九公里，有十八個主要城門。

2 勞孔（Laokoon）：特洛伊城祭司，因警告不可讓希臘軍的木
  馬進城，觸怒神而和兩個兒子一起被巨蟒絞死。

3 圖拉真柱（Trajanssäule）：位於羅馬圖拉真廣場上的勝利之柱，
  圖拉真皇帝為慶祝凱旋而立。

藍衣少年

1 希利斯基（Schleesky）：喬治・希利（George Schlee），嘉寶情
  人，有錢的藝術收藏家。「希利斯基」是嘉寶對他的暱稱。

2 塞西爾：西塞爾・比頓（Cecil Beaton），英國攝影師，也曾

是嘉寶情人。

3 梅塞德絲：梅塞德絲・德・阿考斯塔（Mercedes de Acosta），美國作家、劇作家與服裝設計師。

4 珍（Jane Gunther）：嘉寶友人，美國作家約翰・鈞特（John Gunther）之妻。

5 比利：比利・懷德（Billy Wilder），美國知名導演、製作人、劇作家，曾與嘉寶合作《異國鴛鴦》（*Ninotchka*），擔任共同編劇。

6 貝格：路德維希・貝格（Ludwig Berger），德國猶太裔劇場、電影導演，從威瑪共和國時期即進入電影工業。穆瑙最後一部在德國拍攝的默片《浮士得》，製作公司曾屬意由他執導。

7 艾兒娃（Alva）：嘉寶的姊姊。

8 莫耶（Moje）：莫耶是瑞典電影導演莫里茲・史帝勒（Mauritz Stiller）的暱稱，他以培養出嘉寶而聞名。

9 卡爾弗城（Culver City）：位於加州的電影業中心，設有許多影視製作公司，如米高梅等。

10 黃宗霑（James Wong Howe）：華裔美籍攝影師，為嘉寶此次試鏡掌鏡，曾得過奧斯卡金像獎最佳攝影。

11 杜斯：艾蓮諾拉・杜斯（Leonora Duse）被視為有史以來義大利最優秀的一位女演員。

人名索引

（按筆畫順序排列）

前言

安妮·法蘭克（FRANK, Anne）

　1929 年 6 月 12 日生於法蘭克福；1945 年 2 或 3 月初卒於貝爾根·貝爾森（Bergen Belsen）集中營。

亞歷山大大帝（ALEXANDER DER GROSSE）

　西元前 356 年 7 月 20 日生於培拉（Pella）；西元前 323 年 10 月 6 日卒於巴比倫；馬其頓國王。

約翰·柯川（COLTRANE, John）

　1926 年 9 月 23 日生於哈姆雷特（Hamlet）；1967 年 7 月 17 日卒於紐約；美國爵士音樂家。

華特·惠特曼（WHITMAN, Walt）

　1819 年 5 月 31 日生於西山（West Hills）；1892 年 3 月 26 日卒於肯頓（Camden）；美國詩人。

華盛頓（WASHINGTON, George）

　1732 年 2 月 22 日生於西摩蘭郡（Westmoreland County）；1799 年 12 月 14 日卒於維農山（Mount Vernon）；首任美國總統。

赫非斯提安（HEPHAISTION）

　約西元前 360 年生於培拉；西元前 324 或 323 年冬季卒於埃克巴塔納（Ekbatana）。

序

卡西烏斯·狄奧（CASSIUS DIO）

　約 164 年生於尼卡亞（Nikaia）；卒於 229 至 235 年間；希臘歷史作者。

西蒙尼德斯（SIMONIDES VON KEOS）

　西元前 557 或 556 年生於尤利斯（Iulis）；西元前 468 或 467 年卒

於阿克拉戈斯（Akragas）；希臘詩人。

佛洛伊德（FREUD, Sigmund）

1856 年 5 月 6 日生於普日博爾（Freiberg in Mähren，捷克）；1939 年 9 月 23 日卒於倫敦。

希羅多德（HERODOT）

西元前 490 或 480 年生於哈利卡納索斯；西元前 430 或 420 年卒於圖里（Thurioi）；希臘歷史作者。

亞伯特‧史珮爾（SPEER, Albert）

1905 年 3 月 19 日生於曼海姆（Mannheim）；1981 年 9 月 1 日卒於倫敦；德國建築師。

亞里斯多德（ARISTOTELES）

西元前 384 年生於斯塔基拉（Stageira）；西元前 322 年卒於哈爾基斯（Chalkis）。

帝米斯托克力（THEMISTOKLES）

約生於西元前 524 年；約西元前 459 年卒於馬格尼西亞（Magnesia）；希臘政治家。

海芭夏（HYPATIA）

約 355 年生於亞歷山大；415 年或 416 年 3 月卒於亞歷山大；希臘女數學家、天文學家及哲學家。

特奧多爾‧萊辛（LESSING, Theodor）

1872 年 2 月 8 日生於漢諾威；1933 年 8 月 31 日卒於馬倫巴（Marienbad）；德國作家。

秦始皇（QIN SHIHUANGDI〔Ying Zheng〕）

西元前 259 年生於邯鄲；西元前 210 年 9 月 10 日卒於沙丘；首位中國皇帝。

莫札特（MOZART, Wolfgang Amadeus）

1756 年 1 月 27 日生於薩爾茲堡（Salzburg）；1791 年 12 月 5 日卒於維也納。

塞繆爾‧約翰生（JOHNSON, Samuel）

1709 年 9 月 18 日生於利赤非（Lichfield）；1784 年 12 月 13 日卒於倫敦；英國作家。

奧古斯都（AUGUSTUS〔Gaius Octavius〕）

西元前 63 年 9 月 23 日生於羅馬；西元前 14 年 8 月 19 日卒於諾拉
（Nola）；古羅馬帝國的第一個皇帝。

路易斯‧阿姆斯壯（ARMSTRONG, Louis）

1901 年 8 月 4 日生於新奧爾良；1971 年 7 月 6 日卒於紐約；美國
爵士音樂家。

蒙台威爾第（MONTEVERDI, Claudio）

1567 年 5 月 15 日受洗於克雷莫納（Cremona）；1643 年 11 月 29
日卒於威尼斯；義大利作曲家。

豪爾赫‧路易斯‧波赫士（BORGES, Jorge Luis）

1899 年 8 月 24 日生於布宜諾斯艾利斯；1986 年 6 月 14 日卒於日
內瓦；阿根廷作家。

盧西安‧佛洛伊德（FREUD, Lucian）

1922 年 12 月 8 日生於柏林；2011 年 7 月 20 日卒於倫敦；英國畫家。

薩馬洛斯（ZARMAROS）

圖阿拿基島

比雷尼（AL-BIRUNI, Abur r-Raihan Muhammad ibn Ahmad）

973 年 9 月 4 日生於卡斯（Kath）；1048 年 12 月 9 日卒於加茲尼
（Ghazna）；花剌子模博學家。

布干維爾（BOUGAINVILLE, Louis Antoine de）

1729 年 11 月 11 日生於巴黎；1811 年 8 月 31 日卒於巴黎；法國航
海家。

瓦利斯（WALLIS, Samuel）

1728 年 4 月 23 日生於卡姆爾福德（Camelford）；1795 年 1 月 21
日卒於倫敦；英國航海家。

**約翰‧孟塔古（第四代三明治伯爵，MONTAGU, John〔4. Earl of
Sandwich〕）**

生於 1718 年 11 月 3 日；1792 年 4 月 30 日卒於奇斯威克（Chiswick）。

茂魯亞（MOURUA）

十八世紀下半葉。

麥哲倫（MAGELLAN, Ferdinand）

1480 年 2 月 3 日生於薩布羅薩（Sabrosa）；1521 年 4 月 27 日卒

於麥克坦島（Mactan）；葡萄牙航海家。

塔斯曼（TASMAN, Abel）

1603 年生於盧傑加斯特（Lutjegast）；1659 年 10 月 10 日卒於巴達維亞（Batavia）；荷蘭航海家。

詹姆斯‧庫克（COOK, James）

1728 年 11 月 7 日生於馬頓（Marton）；1779 年 2 月 14 日卒於夏威夷；英國航海家。

裏海虎

克勞狄一世（CLAUDIUS〔Tiberius Claudius Nero Germanicus〕）

西元前 10 年 8 月 1 日生於盧格杜努姆（Lugdunum）；54 年 10 月 13 日卒於羅馬；羅馬皇帝。

格里克的獨角獸

施洗者約翰（JOHANNES DER TÄUFER）

生於西元前一世紀末；卒於西元 30-36 年間；猶太祭司。

奧圖‧馮‧格里克（GUERICKE, Otto von）

1602 年 11 月 30 日生於馬格德堡（Magdeburg）；1686 年 5 月 21 日卒於漢堡；德國物理學家。

薩切堤別墅

于貝‧霍貝（ROBERT, Hubert）

1733 年 5 月 22 日生於巴黎；1808 年 4 月 15 日卒於巴黎。

皮拉奈奇（PIRANESI, Giovanni Battista）

1720 年 10 月 4 日生於莫利亞諾—韋內托（Mogliano Veneto）；1778 年 11 月 9 日卒於羅馬。

皮埃特羅‧達‧科爾托納（CORTONA, Pietro da〔Pietro Berrettini〕）

1596 年 1 月 11 日生於科爾托納（Cortona）；1669 年 5 月 16 日卒於羅馬；羅馬建築師及畫家。

安德里亞斯‧維薩里（VESALIUS, Andreas〔Andries Witting van Wesel〕）

1514 年 12 月 31 日生於布魯塞爾；1564 年 10 月 15 日卒於札金索

斯島（Zakynthos）；佛蘭德斯解剖學家及外科醫師。

朱立奧・薩切堤（SACCHETTI, Giulio）

　1587 年 12 月 17 日生於羅馬；1663 年 6 月 28 日卒於羅馬；義大利
　紅衣主教。

拉斐爾（RAFFAEL〔Raffaello Sanzio da Urbino〕）

　1483 年 4 月 6 日或 3 月 28 日生於烏爾比諾（Urbino）；1520 年 4
　月 6 日卒於羅馬；義大利畫家及建築師。

馬塞羅・薩切堤（SACCHETTI, Marcello）

　1586 年生於羅馬；1629 年 9 月 15 日卒於那不勒斯；義大利銀行家。

圖拉真（TRAJAN〔Marcus Ulpius Traianus〕）

　53 年 9 月 18 日生於義大利卡（Italica）或羅馬；117 年 8 月 8 日卒
　於塞利農特（Selinus）；羅馬皇帝。

維吉爾（VERGIL〔Publius Vergilius Maro〕）

　西元前 70 年 10 月 15 日生於曼托瓦（Mantua）近郊；西元前 19
　年 9 月 21 日卒於布林迪西（Brindisi）；羅馬詩人。

藍衣少年

比利・懷德（WILDER, Billy）

　1906 年 6 月 22 日生於蘇查（Sucha）；2002 年 3 月 27 日卒於洛杉
　磯；美國電影導演。

湯馬斯・根斯巴羅（GAINSBOROUGH, Thomas）

　1727 年 5 月 14 日生於薩德柏立（Sudbury）；1788 年 8 月 2 日卒
　於倫敦；英國畫家。

艾蓮諾拉・杜斯（DUSE, Eleonora）

　1858 年 10 月 3 日生於維傑瓦諾（Vigevano）；1924 年 4 月 1 日卒
　於匹茲堡；義大利女演員。

**弗里德里希・威爾海姆・穆瑙（MURNAU, Friedrich Wilhelm〔Friedrich
Wilhelm Plumpe〕）**

　1888 年 12 月 28 日生於畢勒費爾德（Bielefeld）；1931 年 3 月 11
　日卒於聖塔芭芭拉（Santa Barbara）。

沃夫醫生（WOLF, Max）

居禮夫人（CURIE, Marie）

1867 年 7 月 11 日生於華沙；1934 年 7 月 4 日卒於帕西（Passy）近郊；波蘭裔法籍女物理學家。

珍・鈞特（GUNTHER, Jane）

1916 年 8 月 17 日生於紐約；卒年不詳 ；美國女編輯。

恩斯特・霍夫曼（HOFMANN, Ernst）

1890 年 12 月 7 日生於布雷斯勞；1945 年 4 月 27 日卒於波茨坦（Potsdam）；德國演員。

梅塞德絲・德・阿考斯塔（ACOSTA, Mercedes de）

1893 年 3 月 1 日生於紐約；1968 年 5 月 9 日卒於紐約；美國女作家。

喬治・希利（又：希利斯基，SCHLEE, George）

1901 年生於聖彼得堡；1964 年卒於巴黎；俄裔美籍商人。

黃宗霑（HOWE, James Wong〔Wong Tung Jim〕）

1899 年 8 月 28 日生於廣州；1976 年 7 月 12 日卒於洛杉磯；華裔美籍攝影師。

塞西爾・比頓（BEATON, Cecil）

1904 年 1 月 14 日生於倫敦；1980 年 1 月 18 日卒於布羅德查克（Broadchalke）；英國攝影師及舞台設計師。

葛麗泰・嘉寶（GARBO, Greta〔Greta Lovisa Gustafsson〕）

1905 年 9 月 18 日生於斯德哥爾摩；1990 年 4 月 15 日卒於紐約。

路德維希・貝格（BERGER, Ludwig〔Ludwig Bamberger〕）

1892 年 1 月 6 日生於美因茨（Mainz）；1969 年 5 月 18 日卒於施蘭根巴德（Schlangenbad）；德國導演。

瑪麗蓮・夢露（書中稱其「小夢露」，MONROE, Marilyn〔Norma Jeane Mortenson〕）

1926 年 6 月 1 日生於洛杉磯；1962 年 8 月 5 日卒於洛杉磯；美國電影演員。

莎芙戀歌

孔子（KONFUZIUS）

可能是西元前 551 年生於曲阜；可能是西元前 479 年卒於曲阜；中國哲學家。

史塔邦（STRABON）

約西元前 63 年生於阿瑪西亞（Amaseia）；卒於西元 23 年後；希臘歷史作家。

尼布甲尼撒二世（NEBUKADNEZAR II）

約生於西元前 640 年；卒於西元前 562 年；新巴比倫國王。

皮耶・德・布爾戴爾（BOURDEILLE, Pierre de〔Seigneur de Brantôme〕）

約 1540 年生於佩里戈爾（Périgord）；1614 年 7 月 15 日卒於布朗通（Brantôme）；法國作家。

安娜・嘉斯吉爾（GASKILL, Anne）

安納西曼德（ANAXIMANDER）

西元前約 610 年生於米利都（Milet）；西元前 547 年之後卒於米利都；希臘前蘇格拉底哲學家。

朱利葉斯・波路斯（POLLUX, Julius）

二至三世紀；希臘智辯家。

艾蜜莉・狄瑾蓀（DICKINSON, Emily）

1830 年 12 月 10 日生於阿模斯特（Amherst）；1886 年 5 月 15 日卒於阿模斯特；美國女詩人。

佛陀（BUDDHA〔Siddhartha Gautama〕）

西元前 563 年生於藍毗尼（Lumbini）；西元前 483 年卒於拘尸那揭羅（Kushinagar）。

克萊絲（KLEÏS）

庇塔庫斯（PITTAKOS）

生於西元前 651 或 650 年；約卒於西元前 570 年；希臘僭主。

拉里瓊斯（LARICHOS）

波利格諾托斯（POLYGNOTOS）

西元前五世紀；希臘畫家。

芮妮・維文（VIVIEN, Renée〔Pauline Mary Tarn〕）

1877 年 6 月 11 日生於倫敦；1909 年 11 月 10 日卒於巴黎；英國女詩人。

阿波羅尼歐斯・迪思科洛斯（APOLLONIOS DYSKOLOS）

西元二世紀前半期生於亞歷山大（Alexandria）；希臘文法學家。

阿特納奧斯（ATHENAIOS）

二至三世紀生於諾克拉提斯（Naukratis）；希臘圖文作家。

阿爾卡埃烏斯（ALKAIOS VON LESBOS）

西元前約 630 生於米蒂利尼（Mytilene）；死於西元前約 580 年；蕾絲玻島抒情詩人。

哈利卡納蘇斯的戴歐尼修斯（DIONYSIOS VON HALIKARNASSOS）

約西元前 54 年生於哈利卡納索斯；西元 7 年之後年卒於羅馬；希臘學者。

柏拉圖（PLATON）

西元前 428 或 427 年生於雅典或埃伊納島（Aigina）；西元前 348 或 347 年卒於雅典。

查拉克斯（CHARAXOS）

約翰尼斯・泰策斯（TZETZES, Johannes）

約 1110 年生於君士坦丁堡；約 1180 年卒於君士坦丁堡；拜占庭學者。

娜塔莉・克麗佛德・巴尼（CLIFFORD BARNEY, Natalie）

1876 年 10 月 31 日生於代頓（Dayton）；1972 年 2 月 2 日卒於巴黎；美國女作家。

海希歐德（HESIOD）

可能是西元前 700 年之前生於阿斯克拉（Askra）；可能卒於西元前七世紀；希臘詩人。

琉善（LUKIAN VON SAMOSATA）

120 年左右生於薩摩薩塔（Samosata）；卒於 180 年之前或 200 年左右；希臘諷刺作家。

索洛伊的克律西波斯（CHRYSIPPOS VON SOLOI）

西元前 289 至 277 年生於索洛伊；可能是西元前 208 至 204 年卒於雅典；希臘斯多噶主義者。

託名為朗吉努斯（PSEUDO-LONGINOS）

一世紀。

梭倫（SOLON）

約西元前 640 年生於雅典；約卒於西元前 560 年；希臘政治家。

荷馬（HOMER）

西元前八世紀下半葉或七世紀上半葉。

莎芙（SAPPHO）

　　生於西元前 630 年至 612 年；卒於西元前 570 年左右。

斯卡曼羅斯（SKAMANDROS）

菲勞德烏斯（PHILODEMOS VON GADARA）

　　約西元前 110 年生於加達拉（Gadara）；可能是西元前 40 至 35 年
　　卒於赫庫藍尼姆（Herculaneum）；伊比鳩魯派哲學家。

賀拉斯（HORAZ〔Quintus Horatius Flaccus〕）

　　西元前 65 年 12 月 8 日生於韋諾薩（Venusia）；西元前 8 年 11 月
　　27 日卒於羅馬；羅馬詩人。

奧維德（OVID〔Publius Ovidius Naso〕）

　　西元前 43 年 3 月 20 日生於蘇爾莫（Sulmo）；可能是西元 17 年
　　年 5 月 9 日卒於托米斯（Tomis）。

聖依西多祿（ISIDOR VON SEVILLA）

　　約 560 年生於新迦太基（Carthago Nova）；636 年 4 月 4 日卒於塞
　　維拉（Sevilla）；羅馬神學家。

漢娜・懷特（WRIGHT, Hannah）

瑪塔・吉伯特（GILBERT, Martha）

　　生於 1866 年 11 月 30 日；1943 年卒於紐約；美國女作家。

歐立吉奧斯（EURYGIOS）

邁克爾・伊塔利科斯（MICHAEL ITALIKOS）

　　生於 1157 年之前；拜占庭學者。

額我略七世（GREGOR VII〔Hildebrand von Soana〕）

　　生於 1025 至 1030 年；1085 年 5 月 25 日卒於薩勒諾（Salerno）；
　　義大利教宗。

蘇珊・吉伯特（GILBERT, Susan）

　　1830 年 12 月 19 日生於第爾非（Deerfield）；卒於 1913 年 5 月 12
　　日；美國女出版商。

蘇格拉底（SOKRATES）

　　西元前 469 年生於阿羅佩克（Alopeke）；西元前 399 年卒於雅典。

貝倫家族的城堡

卡爾・弗里德里希・菲力克斯・馮・貝倫（BEHR, Carl Friedrich

Felix Graf von）

　　1865 年 8 月 24 日生於貝倫霍夫；1933 年 9 月 5 日卒於貝倫霍夫。

卡爾・菲力克斯・沃爾德馬・馮・貝倫（BEHR, Karl Felix Woldemar Graf von）

　　1835 年 7 月 23 日生於貝倫霍夫；1906 年 6 月 10 日卒於貝倫霍夫。

弗里德里希・希齊格（HITZIG, Friedrich）

　　1811 年 4 月 8 日生於柏林；1881 年 10 月 11 日卒於柏林；德國建築師。

彼得・約瑟夫・萊內（LENNÉ, Peter Joseph）

　　1866 年 1 月 23 日生於波茨坦；普魯士園藝藝術家。

約翰・卡爾・烏里希・馮・貝倫（BEHR, Johann Carl Ulrich von）

　　1741 年 1 月 1 日生於班德林，布斯多夫（Bandelin, Busdorf）；1807 年 9 月 27 日卒於貝倫霍夫。

約翰・菲力克斯・格歐葛・馮・貝倫（BEHR, Carl Felix Georg von）

　　1804 年 3 月 8 日生於施特雷索夫（Stresow）；1838 年 6 月 18 日卒於班德林（Bandelin）。

迪特里希・潘霍華（BONHOEFFER, Dietrich）

　　1906 年 2 月 4 日生於布雷斯勞（Breslau）；1945 年 4 月 9 日卒於福洛森堡集中營（KZ Flossenbürg）；德國神學家及反抗軍鬥士。

梅喜希爾德・馮・貝倫（BEHR, Mechthild Gräfin von）

　　1880 年 7 月 17 日生於卡特洛（Cartlow）；卒於 1955 年 11 月 11 日。

鹿特丹的伊拉斯謨（ERASMUS VON ROTTERDAM）

　　可能生於 1466、1467 或 1469 年 10 月 28 日；1536 年 7 月 11 日或 12 日卒於巴塞爾（Basel）；荷蘭人文主義者。

摩尼七經

保羅（PAULUS VON TARSUS）

　　可能西元 10 年前生於大數（Tarsus）；卒於西元 60 年後；猶太傳教士及基督教使徒。

耶穌（JESUS VON NAZARETH）

　　可能是西元前 7 至 4 年生於拿撒勒；約 30/31 年卒於耶路撒冷。

瑣羅亞斯德（ZOROASTER〔Zarathustra〕）

西元前二世紀或一世紀。

摩尼（MANI）

216 年 4 月 14 日生於瑪第努（Mardīnū）；276 年 2 月 14 日或 277 年 2 月 26 日，貢迪沙布林（Gundischapur）。

森林裡的百科全書

伊曼紐‧史威登堡（SWEDENBORG, Emanuel）

1688 年 1 月 29 日生於斯德哥爾摩；1772 年 3 月 29 日卒於倫敦；瑞典神祕主義者。

米林‧達悠（DAJO, Mirin〔Arnold Gerrit Henskes〕）

1912 年 8 月 6 日生於鹿特丹；1948 年 5 月 26 日卒於溫特瑟（Winterthur）；荷蘭藝術家。

亞麗珊德拉（ALEXANDRA〔Doris Nefedov〕）

1942 年 5 月 19 日生於希盧泰（Heydekrug，立陶宛）；1969 年 7 月 31 日卒於泰靈施泰特（Tellingstedt）；德國女歌手。

林奈（LINNÉ, Carl von）

1707 年 5 月 23 日生於拉斯胡爾特（Råshult）；1778 年 1 月 10 日卒於烏普薩拉（Uppsala）；瑞典自然學家。

法蘭索瓦‧德‧拉羅希福可（ROCHEFOUCAULD, François de La）

1613 年 9 月 15 日生於巴黎；1680 年 3 月 17 日卒於巴黎；法國作家。

阿曼德‧舒爾泰斯（SCHULTHESS, Armand）

1901 年 1 月 19 日生於納沙泰爾（Neuchâtel）；1972 年 9 月 29 日卒於奧雷西歐（Auressio）。

恩里克‧托賽里（TOSELLI, Enrico）

1883 年 3 月 13 日生於佛羅倫斯；1926 年 1 月 15 日卒於佛羅倫斯；義大利作曲家。

恩里科‧卡羅素（CARUSO, Enrico）

1873 年 2 月 25 日生於那不勒斯；1921 年 8 月 2 日卒於那不勒斯；義大利歌劇歌手。

寇納斯洛特的德雷莎‧諾伊曼（NEUMANN, Therese〔Resi von Konnersreuth〕）

1898 年 4 月生於科內爾斯羅伊特（Konnersreuth）；1962 年 9 月
18 日卒於科內爾斯羅伊特；德國女神祕主義者。

聖里修小德蘭修女（THERESE VON LISIEUX〔Thérèse de l'Enfant Jésus et de la Sainte Face〕）

1873 年 1 月 2 日生於阿朗松（Alençon）；1897 年 9 月 30 日卒於
利雪（Lisieux）；法國女聖人。

達爾文（DARWIN, Charles）

1809 年 2 月 12 日生於什魯斯伯里（Shrewsbury）；1882 年 4 月 19
日卒於達爾文故居（Down House）。

雷・德・古爾蒙（GOURMONT, Rémy de）

1858 年 4 月 4 日生於巴佐喬－胡爾梅（Bazochesau Houlme）；
1915 年 9 月 27 日卒於巴黎；法國作家。

雷馬克（REMARQUE, Erich Maria〔Erich Paul Remark〕）

1898 年 6 月 22 日生於奧斯納布律克（Osnabrück）；1970 年 9 月
25 日卒於洛卡諾（Locarno）；德國作家。

榮格（JUNG, Carl Gustav）

1875 年 7 月 26 日生於凱斯威爾（Kesswil）；1961 年 6 月 6 日卒
於屈斯納赫特（Küsnacht）；瑞士心理學家。

歌德（GOETHE, Johann Wolfgang von）

1749 年 8 月 28 日生於法蘭克福；1832 年 3 月 22 日卒於威瑪
（Weimar）。

墨索里尼（MUSSOLINI, Benito）

1883 年 7 月 29 日生於多維婭－普雷達皮奧（Dovia di Predappio）；
1945 年 4 月 28 日卒於朱利諾－梅澤格拉（Giulino di Mezzegra）；
義大利政治家。

歐薩琵雅・帕拉蒂諾（PALLADINO, Eusepia）

1854 年 1 月 21 日生於米內爾維諾－穆爾傑（Minervino Murge）；
1918 年 5 月 16 日卒於那不勒斯；義大利靈媒。

共和國宮

海茲・格拉芬德（GRAFFUNDER, Heinz）

1926 年 12 月 23 日生於柏林；1994 年 12 月 9 日卒於柏林；德國建

築師。

基瑙的月理學

女樞密官維特（WITTE, Wilhelmine）

1777 年 11 月 17 日生於漢諾威；1854 年 9 月 17 日卒於漢諾威；德國天文學家。

尤利烏斯・文生茲・克隆霍茲（KROMBHOLZ, Julius Vincenz von）

1782 年 12 月 19 日生於上伯利茲（Oberpolitz，捷克）；1843 年 11 月 1 日卒於布拉格；波希米亞菌類學家。

尤利烏斯・羅伯特・馮・邁爾（MAYER, Julius Robert）

1814 年 11 月 25 日生於海爾布隆（Heilbronn）；1878 年 3 月 20 日卒於海爾布隆；德國生理學家。

尤里比底斯（EURIPIDES）

西元前 485 至 480 年生於薩拉米斯島（Salamis）；西元前 406 年卒於培拉；阿提卡（Attika）劇作家。

戈特佛里・阿道夫・基瑙（KINAU, Gottfried Adolf）

1814 年 1 月 4 日生於維寧根（Winningen）；1888 年 1 月 9 日卒於蘇爾（Suhl）；德國牧師及月理學家。

西塞羅（CICERO, Marcus Tullius）

西元前 106 年 1 月 3 日生於阿爾皮諾（Arpinum）；西元前 43 年 12 月 7 日卒於福爾米亞（Formiae）近郊。

西蒙尼・馬蒂尼（MARTINI, Simone）

1284 年生於西埃納（Siena）；1344 年卒於亞維農（Avignon）；義大利畫家。

伽利略（GALILEI, Galileo）

1564 年 2 月 15 日生於比薩；1642 年 1 月 8 日卒於阿切特里（Arcetri）；義大利博學家。

佩脫拉克（PETRARCA, Francesco）

1304 年 7 月 20 日生於阿雷佐（Arezzo）；1374 年 7 月 19 日卒於阿爾瓜（Arquà）；義大利人文主義者。

阿伯提（ALBERTI, Leon Battista）

1404 年 2 月 14 日生於熱那亞（Genua）；1472 年 4 月 25 日卒於

羅馬；義大利人文主義者。

阿里奧斯托（ARIOST〔Ludovico Ariosto〕）

1474 年 9 月 8 日生於雷焦內埃米利亞（Reggio nell' Emilia）；
1533 年 7 月 6 日卒於費拉拉（Ferrara）；義大利人文主義者。

施瓦岑貝格侯爵（SCHWARZENBERG, Johann Adolf zu）

1799 年 5 月 22 日生於維也納；1888 年 9 月 15 日卒於弗勞恩堡
（Frauenberg）。

約翰尼斯．克卜勒（KEPLER, Johannes）

儒勒曆 1571 年 12 月 27 日生於魏爾德爾斯塔特（Weil der Stadt）；
格里曆 1630 年 11 月 15 日卒於雷根斯堡（Regensburg）；德國博
學家。

埃德蒙．尼森（NEISON, Edmund〔Edmund Neville Nevill〕）

1849 年 8 月 27 日生於貝弗利（Beverley）；1940 年 1 月 14 日卒
於伊斯特本（Eastbourne）；英國月理學家。

泰勒希拉（TELESILLA）

西元前五世紀上半葉；希臘女詩人。

塞內卡（SENECA, Lucius Annaeus）

約西元 1 年生於哥多華（Corduba）；西元 65 年卒於羅馬近郊。

蘿拉．德．諾芙（NOVES, Laura de〔Laura de Sade〕）

1310 年生於亞維農；卒於 1348 年 4 月 6 日。

譯名對照表

(按筆畫排列；收入人名索引者不重複收錄)

前言

巴力（神）　Baal

巴力夏明（神）　Baalschamin

卡西尼號太空探測器　Cassini

先知約拿　Propheten Jona

努爾大清眞寺　Große Moschee von al-Nuri

帕邁拉　Palmyra

阿特斯卡滕帕　Atescatempa

幽冥號　Erebus

約翰・富蘭克林　John Franklin

恐怖號　Terror

馬爾他　Malta

斯基亞帕雷利號火星登陸器　Schiaparelli

聖埃利安修道院　Kloster Mar Elian

達拉哈拉塔　Dharahara-Turm

摩醯因陀山　Mahendraparvata

摩蘇爾　Mossul

謝弗圖書館　Schaffer Library

薩卡拉　Sakkara

藍窗　Azur Window

序

亡靈節　Día de los Muertos

比雷尼　al-Biruni

卡西烏斯・狄奧　Cassius Dio

卡拉提耶族　Kallatier

共和國宮　Palast der Republik

列日戰役　Eroberung von Lüttich

好萊塢永生公墓　Hollywood Forever Cemetery

色薩利　Thessalien

西蒙尼德斯　Simonides von Keos

克諾索斯　Knossos

花剌子模國的　choresmisch

阿伽松　Agathon

阿提卡　Attika

《阿麗安娜》　*L'Arianna*

柏林城市宮　Berliner Stadtschlosses

海芭夏　Hypatia

納斯卡　Nazca

記錄抹殺刑　damnatio memoriae

彭巴草原　Pampa

奧斯威辛集中營　Auschwitz

新布雷叢書出版社　Neue Brehm-Bücherei

聖米凱萊島　San Michele

聖德尼　Saint-Denis

〈憂鬱藍調〉　Melancholy Blues

魯汶　Löwen

《歷史，為無意義者賦予意義》　*Geschichte als Sinngebung des Sinnlosen*

默東城堡　Schloss Meudon

薩摩斯島　Samos

《羅馬史》　*Römischen Geschichte*

觀景殿的阿波羅　Apoll von Belvedere

圖阿拿基島

尼姆羅德（島）　Nimrod

決心號　Resolution

坦加羅亞　Tangaroa

裏海虎

阿特拉斯山　Atlas

科佩特山脈　Kopet-Dag-Gebirge

科蘭低地　Lenkoraner Niederung

孫巴河　Sumbarfluss

特克斯河　Teke

馬其頓人　Makedonier

馬贊德蘭虎　Mazandaranischer Tiger

敘利亞人　Syrer

喀邁拉　Chimäre

普萊內斯特大門　Pränestinische Tor

塔什干　Taschkent

塔克拉瑪干沙漠　Taklamakan

塔雷什山脈　Talysch-Gebirge

獅子西羅二世　Cero II.

蒂卜（帝沃利古名）　Tibur

蓋圖里　Gaetuli

赫卡尼亞虎　Hyrkanischer Tiger

澤拉夫尚　Serawschan

穆爾加布河　Murgab

薩賓人　Sabiner

格里克的獨角獸

上瓦萊　Oberwallis

巴西利斯克　Basilisk

巴塞爾逝者巷　Basler Totengässlein

加拉巴哥群島　Galapagosinseln

卡托布雷帕斯　Katoblepas

希柏波瑞亞　Hyperborea

哈比・哈比鷹（角鵰）　Harpyie

奎德林堡　Quedlinburg

格里克的獨角獸　Guerickes Einhorn

海格力斯　Herakles

梅杜莎　Medusa

莫里斯　Mauritius

雅特夫　Ta-te-veo

塞維肯山　Seweckenberge

《新馬德堡實驗》　*Neue Magdeburger Versuchen*

薩切堤別墅

巴貝里尼家族　Barberini

巴塞爾　Basel

主宮院　Hôtel-Dieu

卡瓦洛山　Monte Cavallo

台伯河　Tiber

地獄谷　Höllental

安傑利卡門　Porta Angelica

《艾尼亞斯紀》　*Aeneis*

克利希　Clichy

兌換橋　Pont au Change

貝爾維德雷軀幹　der Torso vom Belvedere

那不勒斯　Neapel

帕埃斯圖姆　Paestum

法爾內塞家族　Farnese

波佐利　Pozzuoli

阿爾巴諾丘　Albaner Berge

科爾索大道　Corso

冥神普魯托　Pluto

哥德人　Gote

夏佩勒　La Chapelle

特里頓　Triton

馬克西姆下水道　Cloaca Maxima

馬里奧山　Monte Mario

梅迪奇家族　Medici

勞孔　Laokoon

博基亞家族　Borgia
喬凡尼・巴提斯塔・皮拉奈奇　Giovanni Battista Piranesi
奧勒良城牆　aurelianischen Mauern
聖母橋　Pont Notre-Dame
聖拉札爾監獄　Saint-Lazare
聖哥達山　Sankt Gotthard
蒂沃利　Tivoli
圖拉真柱　Trajanssäule
維吉爾　Vergil
蒙馬特　Montmartre
默東　Meudon
薩切堤別墅　Villa Sacchetti
薩切堤侯爵的皮涅托別墅　Villa al Pigneto del Marchese Sacchetti
羅維雷家族　Rovere

藍衣少年

大軍團廣場　Grand Army Plaza
卡爾弗城　Culver City
尼斯　Nizza
米拉馬爾　Miramar
艾兒娃　Alva
拉布雷　La Brea
明斯特　Münsterland
東河　East River
南島　Södermalm
格拉斯柏格　Gräsberg
梅貝里路　Mabery Road
莫耶　Moje（Mauritz Stiller）
聖文生大道　San Vicente Boulevard
聖塔芭芭拉　Santa Barbara
道林・格雷　Dorian Gray
維希林　Vischering

《魔山》　*Zauberberg*

莎芙戀歌

《女傑書簡》　*Briefen von Heldinnen*

巴比頓琴　Barbitos

加達拉　Gadara

《尼可馬科倫理學》　*Nikomachischen Ethik*

布朗通　Brantôme

伊奧尼亞　Ionien

伊奧利亞語　Äolien

《吉爾伽美什史詩》　*Gilgamesch-Epos*

安德羅斯島　Andros

米蒂利尼　Mytilene

艾雷索斯　Eresos

西塔拉琴　Kithara

西臺　Hethiter

克林納提登家族　Kleanaktiden

克契拉斯　Kerkylas

克羅娜里翁　Klonarion

利底亞　Lydiens

《妓女對話》　*Hetärengespräche*

佩克提斯琴　Pektis

妮莫西尼　Mnemosyne

帕羅斯島　Paros

法翁　Phaon

阿多尼斯　adonisch

阿芙蘿黛蒂　Aphrodite

《風流女子的生活》　*Das Leben der galanten Damen*

拿俄米　Naomi

泰坦族　Titan

馬加迪斯琴　Magadis

敘拉古　Syrakus

《梨俱吠陀》　*Rigveda*

《詞源》　*Etymologiae*

塔克薩爾　Taxal

奧克西林科斯　Oxyrhynchos

愛琴海　Ägäis

福明克斯琴　Phorminx

《論文學作品》　*Über literarische Komposition*

《論文學結構》　*Uber literarische Komposition*

蕾伊娜　Leaina

蕾絲玻島　Lesbos

蘇達辭書　Suda

貝倫家族的城堡

〈小雞〉　*Hänschen klein*

小淘氣海威曼　Häwelmann

卡爾‧弗里德力希‧辛克爾　Karl Friedrich Schinkel

布斯道夫　Busdorf

弗里德里希‧希齊格　Friedrich Hitzig

老普林尼　Plinius（Gaius Plinius Secundus）

貝倫霍夫　Behrenhoff

居茨科　Gützkow

波美拉尼亞　Pommern

格來斯瓦德　Greifswald

斯特拉頌　Stralsund

瑞屬波美拉尼亞　schwedisch-pommersch

摩尼七經

《二宗經》　*Schapuragan*

《大力士經》　*Gigantenbuch*

厄勒克塞　Elkesai

厄勒克塞派　Elkesait

厄諾士　Enosch

薩珊王　　Sassanide
《證明過去教經》　　*Pragmateia*
《讚願經》　　*Psalmen*

格來斯瓦德的港口
巴伯羅河　　Baberow
卡斯帕・大衛・弗里德里希　　Caspar David Friedrich
史特拉頌街　　Stralsunder Straße
艾爾德納荒地　　Wüst Eldena
希爾達達河（雷克河的古名）　　Hildafluss
里克河谷　　Rycktal
里納　　Riene
玫瑰谷　　Rosental
哈福林格馬　　Haflingerstute
格林默街　　Grimmener Straße
莫里茲・馮・施溫德　　Moritz von Schwind
漢堡美術館　　Hamburger Kunsthalle
熙篤會修道院　　Zisterzienserkloster
慕尼黑玻璃宮　　Münchner Glaspalast

森林裡的百科全書
下克拉托羅　　Sotto Cratolo
《女人的魅力與美麗，年輕女孩該知道的事》　　*Attraktivität und*
Schönheit der Frauen. Was ein junges Mädchen wissen muss
卡爾・林奈　　Carl von Linné
《布洛克豪森辭典》　　Brockhaus-Lexikon
伊索爾諾鎮　　Isorno
因斯布魯克　　Innsbruck
托倫斯　　Thorens
坎波山　　Alp Campo
《男人最愛吃什麼？》　　*Was Männern so gut schmeckt*
《拉魯斯大百科全書》　　*Encyclopédie Larousse*

阿曼多之家　Casa Armando
南錫學派　Schule Nancy
洛卡諾　Locarno
洛桑　Lausanne
原生藝術館　Collection de l'Art Brut
翁塞諾內河谷　Valle Onsernone
馬賈谷　Maggiatal
《異常的特徵》　*Abnorme Züge*
提契諾　Tessin
提洛爾　Tirol
舒爾泰斯屋　Maison Schulthess
華孚蘭機油瓶　Valvoline-Motorenöl-Behälter
奧雷西奧　Auressio
愛彌爾‧庫埃　Émile Coué
瑞士聯邦經濟事務部　Handelsabteilung des Eidgenössichen
Volkswirtschaftsdepartments
歌爾果　Gorgo
維吉妮屋　Casa Virginie
蒙地卡羅廣播電台　Radio Monte Carlo
《隨愛而來的是什麼？》　*Was gleich nach der Liebe kommt*

共和國宮

拉達車　Lada
哈里發塔　Burj Khalifa
施普雷河　Spree
宮廷廣場　Schlossplatz
默克伯格　Moeckow-Berg

基璐的月理學

內布拉星盤　Himmelsscheibe von Nebra
《天狼星》　*Sirius*
巴度亞（義大利城市）　Padua

《日月食典》　*Kanon der Finsternisse*

日珥　Protuberanz

《月球第一人》　*The First Men in the Moon*

月理學　Selenografien

《月溪》　*Mondrillen*

代達羅斯　Daidalo

百威市　Budweis

《至大論》　*Almagest*

伽桑狄撞擊坑　Gassendi

克魯姆洛夫（城堡）　Krumau

希布里斯提卡　Hybristika

《波利耶杜斯》　*Polyidos*

波希米亞森林　Bähmerwalde

阿利斯塔克隕石坑　Aristarch

阿爾戈斯　Argos

雨海　Mare Imbrium

南波希米亞　Südböhmen

《星際信使》　*Sternenbote*

美國地質調查局　US-amerikanischen Vermessungsbehörde

英國天文協會　Britische Astronomische Vereinigung

格里馬爾狄隕石坑　Grimaldi

《祕密中的祕密》　*Secretum Secretorum*

馬雅手抄本　Codices der Maya

國際天文學聯合會　Internationale Astronomische Union

奢湖　Lacus Luxuriae

畢茲（捷克）　Bzí

第谷隕石坑　Tycho

莫爾道河　Moldau

斯多澤克（捷克）　Stožec

奧爾梅克　Olmeken

《瘋狂的羅蘭》　*Rasenden Roland*

福布斯莊園　Forbes

濕海　Mare Humorum

薛西弗斯　Sisyphos

蘇爾牧師　der Suhler Pfarrer

圖片出處

宇宙的重建》(*Armand Schulthess. Rekonstruktion eines* Universums)，派翠克弗萊出版社（Edition Patrick Frey），蘇黎世，二〇一一年。

208 頁　德國聯邦檔案館，圖片 183-1986-0424-304，照片：彼得・海茲・容格（Peter Heinz Junge），CC-BY-SA 3.0。

226 頁　此張戈特佛里・阿道夫・基瑙的月理學圖片顯示的是月球南極的西北區，發表在大眾天文學雜誌《天狼星》（*Sirius*），新叢刊，第十一卷，第八期，一八八三年八月。

國家圖書館出版品預行編目資料

逝物之書：我們都是消逝國度的局外人 / 茱迪思‧
夏朗斯基（Judith Schalansky）著；管中琪譯. -- 初
版. -- 臺北市：大塊文化出版股份有限公司, 2020.12
276面；12×20公分. --（walk ; 23）
譯自：Verzeichnis einiger Verluste.
ISBN 978-986-5549-26-8（精裝）

875.6   109017883